Tim Otte

AF237502

Lullaby

-schaurige Nachtgeschichten-

Texte: Tim Otte
Titelbild und Illustrationen: Mia Pargney

Bibliografische Information der Deutschen
Nationalbibliothek:

Die Deutsche Nationalbibliothek verzeichnet diese
Publikation in der Deutschen Nationalbibliografie;
detaillierte bibliografische Daten sind im Internet über
http://dnb.dnb.de abrufbar.

Bilder: Mia Pargney 2020
(Seite 12 - Tim Otte 1984, Seite 148 -Tim Otte 1982)

Herstellung und Verlag: BoD – Books on Demand,
Norderstedt

ISBN: 978-3-7534-9145-5

Inhalt:

Lullaby and good night,

those blue eyes close tight.

Bright angels are near,

so sleep with unfear.

They will guard you from harm,

with fair dreams and sweet charm.

They will guard you from harm,

with fair dreams and sweet charm.

(Brahms/D. Martin)

Vorwort:

Kurzgeschichten, besonders die schaurigen und phantastischen, haben mich schon immer fasziniert.

Ob Stephen Kings frühe Kurzgeschichten oder Klassiker wie „Der Rabe" von Edgar Allan Poe. Kein Format eignet sich doch so großartig vor dem Einschlafen noch ein paar Zeilen zu lesen und mit den Gedanken an eine abgeschlossene Geschichte einzuschlafen.

Es ist sehr schade, dass dieses Format langsam in Vergessenheit gerät.

Die ein oder andere dieser Geschichten hätte ich heute anders oder vielleicht gar nicht geschrieben.

Auch ist zumindest die älteste davon etwas holprig aber ich denke, man muss Projekte irgendwann auch mal abschließen, anstatt ständig noch daran rumfeilen zu wollen und diese dann letztendlich auf irgendeiner Festplatte vermodern zu lassen.

Ich wünsche also viel Spaß und eine „schaurige" Nacht!

Tim Otte, Februar 2021

Das Geschäft des Schleifers

Tim Otte 08/2000
-veröffentlicht-
John Sinclair, Band XXX, ca. 2000

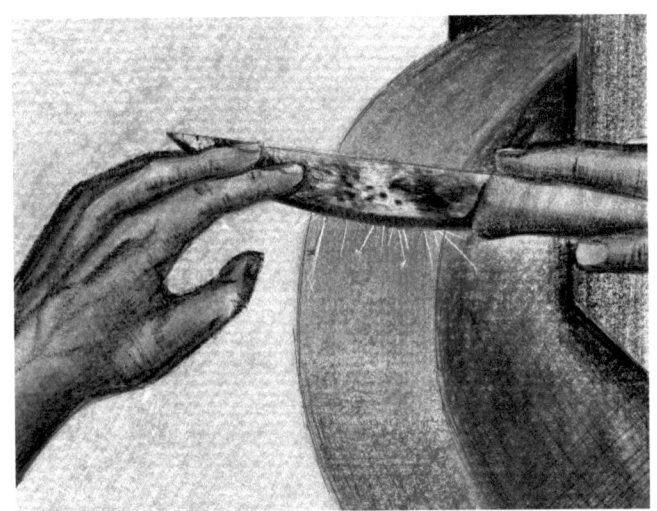

Die große Wanduhr mit dem schweren, silbernen Pendel stand auf 7:12 Uhr.

Ihr schwarzes, mehr als zwei Meter hohes Gehäuse mit den kunstvollen Schnitzereien hätte jedem Antiquitätenhändler den Atem geraubt. Hier im kahlen Werkstattraum wirkte die Uhr wie ein Relikt aus einer anderen Welt und im goldenen, unruhigen Licht des Funkenregens bildeten ihre Verzierungen bizarre Schatten auf der kahlen, feuchten Steinwand.

Die Funken, die das Metall am Schleifstein erzeugten, flogen direkt in den Schoß des alten Mannes.

Obwohl sein schwerer Umhang einige faustgroße Löcher aufwies, schienen ihm die glühenden Metallspähne nichts auszumachen. Tatsächlich bemerkte er sie nicht einmal.

Die langen Jahre hatten ihn abgehärtet und, wie er in nachdenklichen Momenten feststellen musste, auch ein wenig abgestumpft.

Ungleichmäßig rotierte der große Stein in der Halterung, den er mit dem Pedal über das große, hölzerne Schwungrad antrieb.

Der Alte kompensierte die Schwingungen des rauen Steines durch die routinierten Bewegungen seiner knochigen Finger.

Er hatte schon öfter mit dem Gedanken gespielt, eine moderne, elektrische Anlage anzuschaffen

6

und als vor einigen Jahren ein großer Auftrag hereinkam, hatte er sich sogar entsprechende Prospekte besorgt.

Obwohl die Arbeit ihn damals über den Kopf zu wachsen drohte, hatte er sich doch nicht von dem alten Schleifstein trennen können. Zu viele Erinnerungen hingen an ihm und er hatte ihn auch nie im Stich gelassen.

So vermoderten die Prospekte in irgendeiner Schublade der feuchten Werkstatt.

Sein Rücken knirschte bedenklich, als er sich seufzend zurücklehnte und sich über den kahlen Schädel strich.

Der Stein, neben der großen Uhr wohl das auffälligste Einrichtungsstück in der fensterlosen Werkstatt. In seiner einfachen, aber robusten Holzhalterung sah er noch genauso aus wie damals, als er ihn von einem Kunden erhalten hatte. Sicher waren seine Kanten etwas runder und das Holz durch die glühenden Metallspäne dunkler geworden, aber mit der richtigen Pflege würde er für die Ewigkeit halten oder zumindest bis der Alte in den Ruhestand ging.

Der Ruhestand, oder besser gesagt der vorzeitige Ruhestand, hatte ihn in letzter Zeit häufig beschäftigt. Es war lange kein großer Auftrag mehr eingegangen und es wurde ihm bewusst, dass sich mit den Jahren Trägheit in seinen

Gelenken breit gemacht hatte.

Sicherlich, er brauchte sich keine Gedanken machen, dass man ihn entlassen würde, aber er sehnte sich einfach nach den alten Tagen, in denen das Geschäft brummte.

Die Arbeit war damals einfacher gewesen.

Mit den Jahren hatte sich die Marktsituation grundlegend geändert. War sie damals überschaubar und vor allem kalkulierbar gewesen, änderte sie sich in der heutigen Zeit fast täglich.

Trotz allem musste er sich immer wieder wundern, was aus seinem Geschäft geworden war.

Kurz nach der Gründung der Firma hatte er zufällig die beiden Bosse kennengelernt.

Überschwänglich hatte der eine von ihrer Idee berichtet und da er ihnen wohl sympathisch war, unterbreiteten sie ihr Angebot.

Die Joblage war zu dieser Zeit äußerst schlecht und da er gerade nichts Besseres zu tun hatte, willigte er ein.

Anfänglich war der Kundenkreis lächerlich klein und er hatte sich nicht vorstellen können, dass dies ein Job von Dauer werden würde. Doch als nach kurzer Zeit der Firmensitz verlegt wurde, entwickelte sich die Sache schlagartig.

Die beiden Bosse, der alte Mann wusste nicht, welcher von beiden ihm sympathischer war.

Sie waren beide auf ihre eigene Weise ziemlich exzentrisch.

Der eine und ältere von beiden, war der ruhige Pol der Firma. Er hatte den Grundstein für die Firma gelegt, sie sozusagen mit den eigenen Händen aus dem Boden gestampft. Es schien dem alten Mann, als hätte er damals die Firma nur zu seinem persönlichen Zeitvertreib gegründet, ohne sich darüber Gedanken zu machen, was sich daraus einmal entwickeln würde.

Seine Erträge hatte er immer wieder in das Geschäft investiert und so war daraus langsam ein Weltunternehmen geworden.

Der andere, eher der Spielertyp, vorausschauend und immer auf der Suche nach neuen Märkten, hatte das Geschäft durch seine geschickten Machenschaften erst zu dem gemacht, was es heute war.

Zwar wirtschaftete er gerne in seine eigene Tasche, jeder wusste das, doch ohne ihn würde das Geschäft nicht laufen und so wurden diese kleinen „Privatentnahmen" einfach übersehen. Obwohl die beiden sich nicht sonderlich leiden konnten und ihre Firmenpolitik gänzlich verschieden war, trafen sie sich regelmäßig zu ihrem "rituellen" Schachspiel, bei dem es, sollte man den Gerüchten anderer Mitarbeiter Glauben schenken, um horrende Einsätze ging.

Dass es dabei jedoch zu reger Konversation kommen sollte, konnte er sich beim besten Willen nicht vorstellen.

Sie waren eben doch zu verschieden.

Der alte Mann blickte auf den Bildschirm der Computeranlage, auf dem blinkend einige neue Aufträge angezeigt wurden. Wieder nur Kleinkram.

Er hatte sich zuerst gegen diese moderne Anlage gesträubt, denn er traute dem Computer überhaupt nicht, doch die Bosse waren sich in diesem Punkt ausnahmsweise einig gewesen und wie hätte er sich auch dagegen wehren können? Vielleicht streiken? Bei diesem Gedanken musste er lachen. Was für ein Gedanke.

Die Anlage erwies sich jedoch als absolut zeitsparend und nach kurzer Zeit hatte er ihre einfache Handhabung erlernt.

Neue Aufträge erschienen blinkend in der oberen Zeile. Name und Anschrift des Kunden, Stückzahl und Auftragsdatum. Wenn er einen Auftrag erledigt hatte, musste er die entsprechende Zeile nur noch bestätigen und die Datei wurde automatisch auf der riesigen Festplatte gespeichert.

Anfänglich hatte er immer noch sein schweres, ledernes Auftragsbuch parallel geführt. Doch nachdem sich die Anlage als absolut zuverlässig

erwiesen hatte, hatte er es in die unterste
Schublade der Werkbank verbannt.

Der alte Mann ergriff eine der Zeitungen, die
neben der Werkbank lagen. Früher hatte er sich
immer die verschiedensten Exemplare kommen
lassen. Doch im Zeitalter des Multimedia und
elektronischer Nachrichtenübertragung brauchte
es nur noch einige gute, um über die politische
Weltlage informiert zu sein.
Das Schnarren des Computers riss ihn aus seinen
Gedanken. Blinkend wurde ein neuer Auftrag
angezeigt. Nichts Großes, aber dringend.

Er blickte zur großen Wanduhr, die immer noch
7:12 Uhr zeigte.

Nur, wenn man ganz genau hinsah, konnte man
erkennen, dass sich ihr großes Pendel regelmäßig
um den Bruchteil eines Millimeters
weiterbewegte.
Prüfend fuhr der Alte über die Schneide der
riesigen Sense, die eine weitere Kerbe auf seinem
vergilbten Fingerknochen hinterließ. Ächzend
erhob sich der Tod, sah noch einmal zur Adresse
auf dem Bildschirm und machte sich auf den Weg.

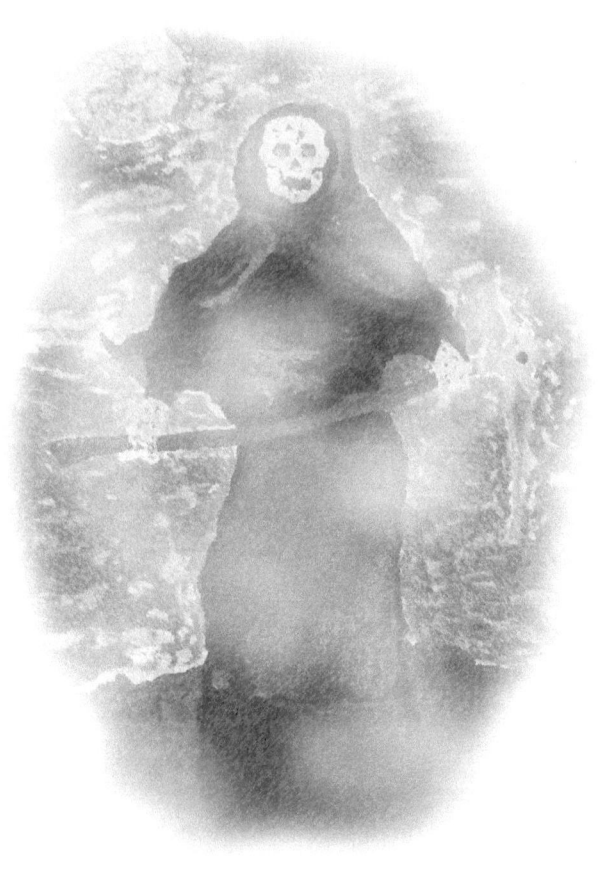

„Vorhang auf"

Tim Otte 04/2007

-unveröffentlicht-

Ich habe diese Geschichte erst wenigen erzählt.
Man hat mich ausgelacht, beschimpft und für
verrückt erklärt, aber ich schwöre Ihnen, wenn
mein Freund Vincent noch leben würde, er würde
Ihnen genau das Gleiche über diese Nacht
berichten.

Wer Vincent ist oder besser war? Ich glaube, der
einzige Freund, den ich jemals hatte. Wir haben
uns auf der Beobachtungsstufe fürs Gymnasium
kennen gelernt, haben es beide nicht gepackt und
waren vom ersten Tag an Freunde.

Nein, sein Tod hat nichts mit den Ereignissen
dieser Nacht zu tun, nicht im Entferntesten.
Irgendein Penner hat ihn vor zwei Jahren mit samt
seinem Fahrrad überfahren, hat ihn auf der Straße
verrecken lassen und ist einfach abgehauen, das
Schwein! Aber das ist eine andere Geschichte.

Aber ich will Ihnen von dieser Nacht erzählen
und ich schwöre, jedes verdammte Wort ist wahr.

Es war kurz nach der Lehrzeit und wir sind fast
jedes Wochenende in meinem Golf rauf nach
Dänemark zum Angeln gefahren.
Mit der Fliegenrute im Wasser stehen und
Meerforellen fangen, das war für uns das Größte.

Es war Sonntag der 12.Mai 1996 und glauben Sie
mir, ich werde dieses Datum nie vergessen, als
wir mit einigen fetten Meerforellen in der

Kühlbox Richtung Hamburg fuhren.

Wir haben damals immer die Autobahn vermieden, weil die Kühlung von meinem alten Golf nicht mehr dicht war und die Autobahn in diesem heißen Vorsommer von den Kurzurlaubern immer überfüllt war. Außerdem hatten wir es nicht eilig und es gab immer eine Menge über das vergangene Wochenende, vergeigte Bisse und unsere Angelerfolge zu quatschen.

Ich hielt an um Kühlwasser nachzufüllen, weil der Temperaturzeiger schon wieder den roten Bereich erreicht hatte.

„Hey! Was hältst Du von Livemusik und einer kalten Cola zur Erfrischung?"

Vincent war ausgestiegen und stand vor einem großen Plakataufsteller. „Eddie & the Eightballs! Klingt grottig, scheint aber in dem Schuppen da drüben zu sein." Vincent deutete auf ein Gebäude ca. 50 Meter weiter, ein wenig abseits der Straße.

„Peter´s Diner" – der Name, geformt aus gebogenen rosa und blauen Neonröhren, prangte auf einem Schild neben dem Schotterweg, der das Diner mit der Landstraße verband.

Verwundert sah ich vom Schild zum Gebäude.

„Das Ding ist mir noch nie aufgefallen. Muss neu sein oder ich brauch ´ne Brille." Vincent nickte nachdenklich, als hätte er die gleichen Gedanken gehabt.

„Egal, die Kiste braucht eh etwas Zeit zum Abkühlen." Ich schloss die Motorhaube und wir gingen die kurze Strecke zu Fuß.

„Peter's Diner" war akribisch dem Stil der Fünfziger Jahre nachempfunden und hätte das Herz eines jeden Rock`n`Rollers höherschlagen lassen.

Die schwarzweißen Fliesen, nierenförmigen Tische und die verchromten Barhocker vor Wänden in babyblau, rosa und mint vermittelten uns das Gefühl, in die Zeit von Gene Vincent und Eddy Cochran zurückversetzt worden zu sein. Geradeso wie Michael J. Fox und Christopher Lloyd in „Zurück in die Zukunft."

An der rückwärtigen Wand befand sich eine kleine Bühne, die von einem Vorhang verdeckt wurde. Seine tiefrote Farbe stand im starken Kontrast zu den sonst vorherrschenden Bonbon-Farbtönen des Ladens.

Wir waren alleine. Nicht nur, dass wir die einzigen Gäste waren, wir waren die einzigen Personen im ganzen Diner.

Wir vermuteten, dass ein unvorsichtiger Barmann vielleicht schnell noch ein paar Einkäufe machte und einfach vergessen hatte, abzuschließen.

„Hier auf dem Land scheint sich die Welt ja wirklich noch langsamer zu drehen!" Vincent stand auf und öffnete den großen Coca-Cola

Kühlschrank neben der Bar und entnahm ihm zwei Flaschen.

Er öffnete sie mit dem abgenutzten Flaschenöffner, der an den Kühlschrank geschraubt war, stellte eine Flasche vor mich und schlenderte zur Bühne.

„Meine Damen und Herren! Erleben sie heute Abend die weltbekannte Band Eddie und…." Er sah mich an und schnippte nachdenklich mit den Fingern.

„Eddie & the Eightballs", sagte ich mit gespielt strenger Miene.

Vincent fuhr mit seiner Ansage fort und begann einige Weltbühnen vor seinem imaginären Publikum aufzuzählen, auf denen diese Band schon gespielt hätte.

Ich war aufgestanden und an den Rand der kleinen Tanzfläche getreten, um die Rolle des Publikums zu übernehmen.

„Und heute, meine Damen und Herren", fuhr Vincent fort, „heute sind Sie hier in irgendeinem Kaff an der A7, um für Sie zu spielen!"

Ich begann zu klatschen… - und der Vorhang begann sich zu öffnen.

Vincent verbeugte sich mehrmals und bemerkte erst einen Moment später, dass ich, in der Bewegung erstarrt, an im vorbeisah.

Er drehte sich genau in dem Moment um, als der Vorhang komplett geöffnet war und die Szene brannte sich im gleichen Moment für immer in unsere Erinnerung.

Mittig am hinteren Bühnenrand stand das Schlagzeug mit dem Konterfei der Band auf der Basstrommel: Eddie & the Eightballs.

Über dem Schlagzeug war eine Gestalt regungslos zusammengebrochen. Rechts daneben hing eine weitere mit einem Cowboyhut über einem Kontrabass, der an der Wand lehnte. Links vom Schlagzeuger kauerte eine dritte Gestalt mit grotesk angewinkelten Beinen, zwischen denen eine Gitarre lehnte. Sie alle waren tot und das seit sehr langer Zeit.

Ihre zombieartigen, fast mumifizierten Körper ließen darauf schließen, dass sie hier schon eine Ewigkeit lagen. Als sich mein Herz gerade wieder beruhigt hatte und mich eher kühne Neugier beschlich, ertönte der erste Akkord und mein Herz setzte aus.

Dann schlug die geöffnete Tür des Diners krachend ins Schloss und als mein Herz wieder einsetzte, wurde mir unterbewusst klar, dass wir sie auch unter Aufbringung all unserer Kräfte nicht wieder öffnen würden.

Der Gitarrist, der den ersten Akkord geschlagen hatte, stand inzwischen wackelig auf den Beinen und die anderen beiden erhoben sich ebenfalls, wobei die Hälfte des Gesichts des Schlagzeugers, oder was davon übrig war, an der Trommel kleben blieb. Auch Haut und Kleidung der anderen hingen in Fetzen an ihnen und sie blickten mit leeren Augenhöhlen auf uns herab. Aus den zusammenhanglosen Akkorden und dem anfangs taktlosen Schlägen des Schlagzeugers, dessen Gesichtshälfte jetzt bei jedem Schlag auf die Trommel nach oben flatterte, formte sich langsam ein treibender, schneller Rhythmus. Dann betrat er die Bühne.

Die Gestalt, die von rechts hinter dem Vorhang erschien, war groß und breitschultrig. Eddie`s torkelnde Schritte, und es gab keinen Zweifel, dass es sich hierbei um Eddie handelte, wurden auf dem Weg zum Mikrofon am mittleren Bühnenrand immer sicherer.
Sein roter Anzug war verstaubt und wies überall große Löcher auf, durch die man Knochen und vertrocknete Fleischfetzen sehen konnte.
Im Gegensatz zu den anderen hatte Eddie glänzende, schwarze Haare, die er jetzt mit einem Kamm und eckigen, aber routinierten Bewegungen zu einer Tolle formte. Dann begann er zu singen. Ich hatte ein Geräusch erwartet, welches zu diesem Bild gepasst hätte. Etwa eine Mischung aus Donnergrollen und dem Geräusch einer Kettensäge, die sich durch Fleisch und

Eingeweide gräbt.

Aber die Stimme war melodisch und normal. Ein Song, der von einem gebrochenen Herzen handelte.

Ich weiß nicht, ob es die normalen Töne oder die Tatsache, dass Eddie plötzlich zu rauchen und schließlich zu brennen begann war, die uns aus unserer Erstarrung löste. Vincent packte mich an der Schulter und riss mich mit in Richtung Tür. In nächsten Augenblick ging alles um uns herum in heiße Flammen auf. Über meine Schulter hinweg sah ich die brennende Band, die unbeirrt weitermachte.

Wir erreichten die Tür und inzwischen brannte das ganze Diner. Wie zu erwarten, ließ sie sich nicht öffnen und Vincent sah mich mit schreckgeweiteten Augen an, während die Flammen nach unseren Kleidern griffen.

„Oh my love," jaulte Eddie in die Reste des Mikrofons, das er wie eine Geliebte in den Armen hielt – Schlussakkord.

Nur das Tosen und Knistern der Flammen war zu hören, als die brennenden Augenhöhlen von Eddie und seinen Eightballs uns anstarrten. Vincent rüttelte schreiend und fluchend an der Tür, als ich es begriff. Ich sah Eddie über die Tanzfläche an und begann zu klatschen. Vincent verharrte in seinen Bewegungen und drehte sich verständnislos zu mir um. Es liefen Tränen über seine Wangen und dann verstand auch er und begann ebenfalls zu klatschen.

Das brennende Etwas „Eddie" nickte uns zu und mit einem Krachen flog die Tür des Diners auf.

An dieser Stelle Fragen die Leute immer, was wir der Polizei und den Feuerwehrleuten gesagt haben. Nichts, denn wir haben nicht auf sie gewartet und auch nichts gemeldet, denn die hätten uns einfach für verrückt erklärt und als Brandstifter angezeigt.

Zwei Tage später besuchte mich Vincent und überreichte mir mit zitternden Händen eine alte, vergilbte Zeitung. Er jobbte damals im Bildarchiv eines großen Zeitungsverlags und hatte dieses Exemplar wohl mitgehen lassen.

Es war eine Ausgabe vom 14. Mai1956. Auf Seite fünf, neben einer Werbung für Nordmende Radios, war eine Abbildung von Peter`s Diner.

Der Artikel besagte, dass Eddie & the Eightballs bei einem Feuer, das wahrscheinlich, so der Artikel, durch Brandstiftung entstanden sei, ums Leben gekommen waren.

Die Band hatte vor ihrem ersten öffentlichen Auftritt auf der Bühne des Diners geprobt als das Feuer ausbrach. Hinter dem schweren Vorhang hatten sie das Feuer erst zu spät bemerkt und waren am Rauch erstickt. Ihre Leichen, die seltsamerweise keine Brandwunden aufwiesen, hielten ihre Instrumente noch im Tod umklammert.

Der Bericht schloss mit den Worten, dass sich der Vorhang des Erfolges für diese jungen Talente leider nie geöffnet hatte.

Wenig später verreckte mein Golf endgültig und so musste ich mit meinem ersten Kredit einen neuen kaufen. Aber auch ohne neues Auto hätte ich lieber stundenlang im Stau auf der Autobahn gestanden, als je wieder diese Strecke zu fahren.

Sie glauben mir nicht? Fahren sie einfach die Landstraße parallel zur A7.

Etwa auf halber Strecke zwischen Bordesholm und Einfeld. Ich wette, „Peter's Diner", oder was davon übrig ist, steht immer noch da. Allerdings bin ich mir nicht sicher, ob Eddie & the Eightballs noch mal für sie spielen werden.

„Cybertime"
-Die letzte Schicht-

Tim Otte 09/1993
-unveröffentlicht-

00h 00m 24s. York feuerte buchstäblich aus allen Rohren. Hektisch blickte er zu der inzwischen rot blinkenden Restzeitanzeige am oberen rechten Sichtfeldrand. Seine Punktzahl sah gut aus, aber er war sich nicht sicher, ob sie heute für den Tagesrekord reichen würde. 00h 00m 21s. York feuerte weiter direkt auf die Cyborg Geschütze und ein weiteres explodierte in einem Feuerball.

Mit einem leichten Klicken schaltete sich das Sichtgerät ab. Schichtwechsel.

York musste nicht erst auf die große Digitaluhr am Ende der Halle sehen, um zu wissen, dass es 19 Uhr war. Er nahm das Sichtgerät vom Kopf und stellte es auf die Ablage. Nachdem er auch die Sensorenhandschuhe abgelegt hatte, massierte er seinen versteiften Nacken. Wieder nahm er sich vor, heute Abend die Kondition seiner Halsmuskulatur zu stärken, um die zweite 4-Stunden-Schicht zu überstehen.
"Heute hab´ ich Dich geschlagen, Mann!" Mike lehnte an der Seitenstrebe und lächelte ihn an. York löste die Haltegurte und klemmte die Fußkontrollen ab.
"War heute nicht mein Tag, Alter. Außerdem gönn' ich dir die Prämie."

Die beiden gingen zum zentralen Drucker und warteten auf ihre Spielergebnisse.

"16080 Punkte, yeah! Hier sehen Sie den neuen Champ." Die anderen Spieler nahmen kaum Notiz von Mikes Ausbruch. Viele hatten den Testraum bereits verlassen. Während York auf seinen Ausdruck wartete, schaute er sich um.

Die Testplätze waren in vier Reihen zu je 16 Kabinen aufgeteilt, an deren Enden die Drucker standen.

Jana stand am gegenüberliegenden Drucker. Er winkte ihr kurz zu, doch sie ignorierte ihn. Seit sie mit diesem blonden Kerl aus der letzten Reihe zusammen war, hatte sie kein Wort mehr mit ihm gesprochen. York vermisste sie nicht besonders. Sie hatten oft gestritten und nach kurzer Zeit schon hatte er lieber vor seiner Spielkonsole gesessen, als sich mit ihr zu treffen.

Mit den Mädchen war es irgendwie komisch. Auf der einen Seite war man stolz, wenn man sich mit einer hübschen zeigen konnte und den Freunden augenzwinkernd zweideutige Andeutungen machte. Auf der anderen Seite wusste er, wenn er mit ihr alleine war, nichts mit ihr anzufangen.

"Kein guter Tag, Du Arsch." Mike wedelte mit Yorks Ausdruck. "Sie haben mal wieder den Tagesrekord, junger Mann." York fischte seinen Ausdruck aus Mikes Hand.17300 Punkte, keine Abzüge. Die Prämie dieser Woche war ihm sicher. Die beiden verließen die Halle und fuhren zusammen in den 11.Stock. York hatte sich breitschlagen lassen, in der Kantine eine Cola auszugeben.

Er schaute aus dem großen Kantinenfenster. Selbst vom 11. Stockwerk des Hauptgebäudes war das Eingangstor des Cyber Reality Inc. Geländes kaum zu erkennen. Das Licht der beiden großen Leuchten am Eingangstor war nur noch ein schwacher Schimmer.

4 Monaten waren vergangen, seit York das letzte Mal durch dieses Tor gefahren war. Er hatte seinen Jahresurlaub genommen und die 2 Wochen bei seinen Eltern verbracht. Nie hätte sein Vater geglaubt, dass sein Sohn jemals mit seiner Spielsucht etwas verdienen sollte. Damals, als York sich ständig in den Spieleläden rumtrieb und all sein Geld für Computerspiele ausgab, hatte er ihn oft angebrüllt und als Versager bezeichnet. Seitdem York seinen ersten Urlaub bei seinen Eltern verbracht hatte, sprach sein Vater kaum noch mit ihm. Er glaubte, sein Vater hasste ihn für seinen Erfolg bei Cyber Inc., doch seine Mutter beschwichtigte ihn immer wieder und erzählte ihm, wie stolz sie doch wären.

Wahrscheinlich hätte es sein Vater am liebsten gesehen, wenn auch York zur Armee gegangen wäre. Er selbst hatte 6 Jahre gekämpft, bevor er das rechte Bein verlor und Frührentner wurde.

Jeden Monat schickte York einen Scheck an seine Eltern und jeweils eine Woche später kam ein Brief von seiner Mutter, in dem sie sich für das Geld bedankte und auf mindestens vier säuberlich geschriebenen Seiten von dem Klatsch der Kleinstadt berichtete.

"Wahrscheinlich überlegst Du gerade, wie Du Deine Prämie verjubelst!" Mike setzte sich ihm gegenüber, legte Yorks Cashcard auf den Tisch und reichte ihm seine Cola. Sie stießen die Papptüten zusammen und tranken. Jedes Mal, wenn Mike sechseckige Tüte absetzte, faselte er von Prämien und Spielpunkten. York mochte Mike nicht besonders, aber seit Bill eine der anderen Schichten bekommen hatte, war Mike der einzige Mensch, mit dem man sich ab und zu unterhalten konnte. Heute war Mike unausstehlich und er vermisste Bill.

Nachdem sie ausgetrunken hatten und York dankend Mikes Einladung auf einen weiteren Drink abgelehnt hatte, fuhr er mit dem Fahrstuhl ins Erdgeschoß und schlenderte durch den kleinen Park zu seinem Wohnblock. Selbst hier im Park bemerkte man den baulichen Stil, den die Armee als 40-prozentiger Teilhaber der Cyber Inc. dem Gelände auferlegt hatte.

York setzte sich auf eine Bank und starrte auf die Graffitis auf der gegenüberliegenden Mauer.
„Don't fight - play games." Ein übermütiger Spieler hatte seine Botschaft eines nachts an diese Wand gesprüht. Wieder wurde ihm bewusst, dass die Erfüllung seines größten Traumes, der Job bei Cyber Inc., ihn nicht wirklich glücklich gemacht hatte.
Dabei hatte alles wirklich wie ein Traum angefangen.

Als die ersten Cyberspace-Games auf den Markt kamen, große klobige Sichtgeräte mit schweren Sensorenhandschuhen, hatte York so lange gequengelt, bis seine Mutter ihm eins zum Geburtstag kaufte. Es war weniger der Preis des Gerätes als die Angst vor ihrem Mann, die sie so lange zögern ließ. Als er selbst sein erstes modernes Gerät kaufte, war sein Vater schon lange Kriegsinvalide und York ein Cyber-Freak.

Man kannte ihn in allen Spieleläden und in einem dieser Läden, dem Visionspace, hatte er Bill kennengelernt.
Der große schlaksige Junge war der einzige, von dem York je besiegt worden war, und so trafen sie sich regelmäßig und wurden Freunde. Bill war anders als die anderen Spieler. Er redete wenig über neue Spiele und Punktergebnisse, doch seine Verbissenheit beim Spiel war fast krankhaft.

28

Zu dieser Zeit hatte Cyber Inc. begonnen, in den Pausenräumen der Schulen Spielekonsolen aufzustellen.

Anfangs hatten sich Eltern und Lehrer dagegen zu wehren versucht. Doch nach dem großen Schülerstreik hatte man sich geeinigt und inzwischen standen in allen Pausenräumen unter Aufsicht von Cyber Inc. Mitarbeitern genügend Konsolen, so dass fast alle Schüler ihre Pausen im Cyberspace verbrachten. Gerüchte entstanden, dass die besten Spieler von Cyber Inc. Jobs als Spieletester angeboten bekamen und nach der Schule sogar fest eingestellt wurden. Man munkelte sogar, Spieletester würden um den Kriegsdienst herumkommen.

Als die beiden eines Tages wieder im Visionspace waren, kam plötzlich dieser Mann auf sie zu. Er trug einen teuren Anzug und eine Krawattennadel von Cyber Inc..

Zu ihrer Überraschung kannte er Bills Namen und überreichte ihm eine Einladung zu einem Vorstellungsgespräch. York hatte Bill noch nie so glücklich gesehen. Bill hatte es geschafft. Er hatte die Chance, ein Spieletester zu werden. "Ist diese Welt nicht unfair?", hatte Bill damals gesagt. "Unsere Väter werden im Krieg zu Krüppeln und verrückte Computerspiel-Freaks werden reich, indem sie Spiele testen."

Sie hatten in dieser Nacht lange gefeiert und Bill hatte ihm immer wieder versichert, dass er bestimmt auch bald "entdeckt" werden würde. Bill hatte seinem Freund den Arm um die Schulter gelegt und genickt. Eine Ewigkeit hatten die beiden an diesem Abend in den Sternenhimmel gestarrt.

Nachdem Bill bei Cyber Inc. angefangen hatte, konnten sich die beiden Freunde nicht mehr treffen und York spielte wie besessen. Bill schickte ihm oft Maillings und berichtete, dass er wirklich nicht zur Armee musste und das Leben bei Cyber Inc. nur Spaß und Party bedeutete.

Als er selbst endlich von einem Cyber Inc. Mitarbeiter die Einladung bekam, hatte er seit Monaten nichts mehr von Bill gehört. Yorks Vater hatte getobt, als er ihm berichtete, dass er die Schule nach der neunten Klasse verlassen wollte, um ein Spieletester zu werden.

York stand auf und ging die wenigen Meter bis zu seiner Wohneinheit. 5 Stunden bis Schichtbeginn. Zu seiner Überraschung erblickte er Bill am nächsten Tag in der Kantine. Er verließ Mike, der sich angeregt mit einer Spielerin unterhielt und setzte sich zu Bill.
Bill verschlang hastig das Tagesmenü und sah krank aus. Am anderen Ende des Tisches saßen

zwei Männer mit Krawatte. Wahrscheinlich Verkaufsheinis aus dem achten Stock. "Hast Du etwa eine andere Schicht bekommen?" York grinste Bill hoffnungsvoll an. "Meine Kabine ist defekt", erwiderte Bill ohne aufzuschauen. Er stopfte die letzten Bissen in sich hinein und verschwand murmelnd Richtung Ausgang. York war sprachlos. Er erreichte seinen Freund am Fahrstuhl. Als die Fahrstuhltüren sich öffneten und die beiden eintraten zischte er: "Lass mich in Ruhe, Mann." Als York gerade etwas erwidern wollte, schob sich eine Hand zwischen die sich schließende Fahrstuhltür und sie schwebte zurück. Die beiden Krawattenträger, die vorher in der Kantine gesessen hatten, betraten den Fahrstuhl. Als er, verwirrt durch Bills Verhalten, im 4. Stockwerk ausstieg, um seine 1.Tagesschicht anzutreten, lächelte ihn Bill krampfhaft mit seinen rot geränderten Augen an. "Du hast übrigens noch meinen alten Kompass!" Dann schlossen sich die Fahrstuhltüren und York war noch verwirrter.

Er wusste absolut nicht, was Bill meinte.

In dieser Schicht machte Mike den Tagesrekord und York ging nach der Arbeit direkt in seine Wohneinheit. Lange grübelte er über Bills seltsames Verhalten nach. Schließlich schlief er ein.

In den nächsten Tagen sah er Bill nicht und er hatte das seltsame Treffen fast wieder vergessen, als er am Schwarzen Brett der Kantine die schwarz umränderte Anzeige las.
Eine Todesanzeige:

In tiefer Dankbarkeit nehmen wir Abschied von unserem Kollegen

Bill Corman, der am 16.07.2006 einem Herzversagen erlag.

Ruhe in Frieden, Spieler.

Cyber Inc..

Er las die Anzeige mehrmals und erst als er aus dem Hauptgebäude zu seinem Wohnblock taumelte, machte die Überraschung den Tränen Platz.

Bills Beerdigung fand auf dem kleinen Friedhof am Ostende des Cyber Inc. Geländes statt. Vier Soldaten trugen seinen Sarg und York hätte die Prämien der letzten Jahre darauf verwettet, dass sie nicht einmal seinen Namen kannten.
Nur wenige Leute waren gekommen. Bills Mutter, die als Militärkrankenschwester arbeitete und ihren Sohn die letzten 5 Jahre nicht gesehen hatte, Mike und einige seriöse Herren mit teuren Anzügen.

Die Rede des Militärpastors war kaum länger als die Inschrift des schlichten Grabsteins:

Bill Corman 1984 - 2006

York war der Einzige, der weinte.

Drei Tage nach Bills Beerdigung fand York auf dem Ausdruck seines Schichtergebnisses eine kurze Notiz.

-Bitte melden Sie sich morgen nach der 15 Uhr-Schicht im 14. OG des Hauptgebäudes, Zimmer 1408.

York stand im langen Flur des 14. Stockwerkes. Er war erst einmal in der oberen Etage des Hauptgebäudes gewesen. Das war bei seinem Einstellungsgespräch vor mehr als vier Jahren gewesen.
Die oberste Verwaltungsetage war sehr elegant eingerichtet und an den Wänden hingen goldene Rahmen mit den Spieltiteln, die mehr als 20 Millionen Mal verkauft worden waren.
Zimmer 1408. Er klopfte an und betrat den großen Raum. Der Reichtum der Cyber Reality Inc. war hier unübersehbar. Teure Auslegeware und große Glasvitrinen mit antiken Kunstgegenständen. In der Mitte des Raumes stand ein großer Schreibtisch aus Marmor, an dem ein elegant gekleideter Mann saß.

Er erhob sich und winkte York heran. "York Brisco, nehme ich an." York nickte. "Ich bin Aaron Miers. Nehmen Sie Platz, mein junger Freund." Das Lächeln des älteren Mannes wirkte beunruhigend auf ihn und er setzte sich in den großen Ledersessel.

Auf einen Knopfdruck des anderen betrat ein weiterer Mann den Raum durch eine Seitentür, begrüßte York mit einem Händedruck und setzte sich an die Seite des Schreibtisches.

York erkannte ihn als einen der Schlipsträger, mit denen Bill und er im Fahrstuhl gestanden hatten.

Aaron Miers faltete die Hände und sah ihm direkt in Augen. "Sie werden sich sicher fragen, warum wir Sie hergebeten haben." Miers machte eine Pause und spielte mit einem goldenen Schreiber. "Nun, mein junger Freund, Sie sind uns schon lange durch Ihre hervorragenden Spielergebnisse aufgefallen und wir hatten eigentlich geplant, Sie in naher Zukunft in die Entwicklungsabteilung zu übernehmen; Sie wissen, was das für eine Chance ist." York bejahte. Die ungewöhnliche Umgebung trocknete seine Kehle aus und er hörte das Blut in seinen Ohren rauschen.

"Bis vor kurzem waren Ihre Spielergebnisse rekordverdächtig, doch seit einigen Tagen liegen sie unter dem Mittelmaß." Wieder machte Miers eine kurze Pause. "Wir machen uns Sorgen, denn

34

unsere Top-Spieler liegen uns natürlich besonders am Herzen." Wieder schaute Miers York direkt in die Augen. Er versuchte, dem Blick standzuhalten, senkte seinen Blick jedoch nach kurzer Zeit auf die Tischplatte.

"Ich war die letzten Tage etwas unkonzentriert. Der plötzliche Tod eines Freundes hat mich sehr mitgenommen." Er spürte die musternden Blicke des Schlipsträgers.

Aaron Miers schien einen Augenblick nachzudenken. "Sie meinen Bill Corman. Schreckliche Sache. Er war ein genialer Spieler." Miers erhob sich und ging zu dem großen Fenster an der Stirnwand. Nach einer Weile drehte er sich um. "Nehmen Sie doch ein paar Tage Sonderurlaub und beruhigen Sie Ihre Gefühle. Es wird zwar schwer, aber wir werden versuchen, für die Zeit einen Ersatz zu finden." York überlegte kurz und lehnte dann dankend ab.

Miers Lächeln wurde breiter. "Das nenne ich einen Vollblutspieler." Er umrundete den Schreibtisch, ergriff Yorks Hand und schüttelte sie überschwänglich. "Weiter so, Brisco. Ihnen steht eine steile Karriere bevor."

York erhob sich und verabschiedete sich von den beiden Männern.

Als er die Tür hinter sich geschlossen hatte, atmete er tief durch. Miers war einer der höchsten

Verwaltungsbeamten von Cyber Inc. und er hatte von ihm bis jetzt nur im Cybermagazin gelesen. Nie hätte er geglaubt, ihn einmal persönlich zu sprechen, doch noch dämpfte Bills Tod die Freude auf eine mögliche Beförderung.

York verließ das 14. Stockwerk und ging in seine Wohneinheit.

Schichtbeginn.

Er hatte die Haltegurte eingehakt und setzte das Sichtgerät auf. Die kleine Zeitanzeige am unteren Rand des Sichtfensters blinkte. 30 Sekunden bis Spielbeginn.

Gestern war ein Brief von Miers gekommen. Er sollte morgen seine Arbeit in der Entwicklungsabteilung beginnen. York wollte seine letzte Schicht im Testcenter mit einem absoluten Rekord beenden, um Miers noch einmal die Richtigkeit seiner Entscheidung zu beweisen. Nach dem Gespräch mit Miers waren seine Spielergebnisse wieder steil angestiegen und er hatte sogar in seiner Freizeit an seinem privaten Gerät in der Wohneinheit trainiert.

15 Sekunden bis Spielbeginn. Die Punktwerte wurden angezeigt. Da er SOLDIERSTORM jetzt seit 3 Jahren spielte, kannte er die Werte im Schlaf.

Spielbeginn.

York beschleunigte sofort auf volles Tempo. Seine Augen gewöhnten sich schnell an die dreidimensionale Grafik. Das kleine Radarfenster zeigte ihm die anderen Spieler als blaue Punkte an. Bis jetzt waren noch keine Gegner geortet. Ein weiteres Fenster unter dem Radar zeigte ihm die Umgebung an. Vor ihm lag Green Springs.

Cyber Inc. orientierte sich immer an realen Orten und die visuellen Animationen waren absolut originalgetreu. Die roten Punkte auf dem Radar zeigten Gegner an und er korrigierte seine Richtung.

Als er zwei Stunden später Green Springs-Beach, das südliche Ende der Stadt erreichte, hatte er bereits seinen persönlichen Punktrekord erreicht. York stoppte. Er kannte diese Gegend. Als das wirkliche Green Springs noch nicht im Kriegsgebiet lag, hatte er hier mit Bill die letzten Schulferien verbracht.

Sie hatten jeden Tag gebadet und waren eines Tages in ein altes Bootshaus eingebrochen. York hatte sich vor Angst beinahe in die Hose gemacht, denn Bill hatte kurzerhand einen alten Schiffskompass, der verstaubt auf einer Werkbank lag, eingesteckt.

Das akustische Warnsignal riss ihn aus seinen Gedanken. Er wurde beschossen und verlor an Energie. Sofort drehte er sich seinem Gegner zu und feuerte.

York Gedanken schweiften wieder zu den Schulferien mir Bill ab. Sie hatten sich ewige Freundschaft geschworen und Bill hatte ihre Namen in den Stamm einer alten Eiche, die unweit vom Ufer stand, eingeritzt. „Wenn wir in 50 Jahren immer noch Freunde sind, treffen wir uns hier und bergen unseren Schatz!", hatte Bill lachend gesagt und den Kompass zwischen den großen Wurzeln des Baumes verscharrt. Jetzt stand er direkt vor dem Baum und erkannte die eingeritzte Botschaft in der Rinde.

„Bring´s zu Ende, scheiß Schrotthaufen!" Der Soldat hielt sich die zertrümmerte Schulter. Der große Kampfroboter stand direkt neben ihm und der Laserpunkt des Zielsuchers, der eben noch über seinen Körper gewandert war, zielte jetzt auf einen Baum.

Als das Kunststoffgeschoss seine Rüstung durchschlagen hatte, war ihm die Waffe aus der Hand gefallen und lag jetzt außerhalb seiner Reichweite. Doch die Waffe war sowieso wertlos, denn er hatte bereits das halbe Magazin auf die silberne Maschine gefeuert, ohne die geringste Wirkung zu erzielen. Jetzt fing die Maschine tatsächlich mit unbeholfenen Bewegungen zu graben an und kurz bevor er das Bewusstsein verlor, sah er, wie die Maschine etwas aus dem Boden scharrte.

York hakte die Haltegurte aus und wankte zum Drucker. Die Gedanken in seinem Kopf rasten. Er riss seinen Ausdruck ab:

9430 Punkte für bewaffnete Gegner

8600 Punkte für unbewaffnete Gegner

1900 Punkte für Frauen und Kinder

Anmerkung. Sie haben das Spiel in einer ungünstigen Position beendet.

Punktabzug: 500 Punkte

Gesamtpunkte: 19430 TAGESREKORD

Seine plötzliche Erkenntnis ließ ihn taumeln.

Als am nächsten Tag die Schicht im Entwicklungszentrum begann, kippte der Stuhl in Yorks Wohneinheit. Der Gürtel, den er sich um den Hals geschlungen hatte zog sich zusammen,

und brach sein Genick direkt unter dem
Atlaswirbel.

Schichtende.

Eine halbe Viertelstunde

Tim Otte 04/2008
-unveröffentlicht-

Ein kurzes Rumpeln und wo eben noch
Fürsprache und Abneigung wild durcheinander
gegrölt wurde, tritt plötzlich Stille ein.

Ich war fest entschlossen, meine Augen offen zu
lassen, doch kurz vorher konnte ich den Anblick
nicht mehr ertragen und kniff sie zusammen, um
die Tränen zu unterdrücken.
Es ist vorbei. Nach einem Augenblick öffne ich sie
wieder und sehe mich um.
Stille. Entsetzen und Furcht in den Augen derer
vor mir. Einige fangen aufgeregt an zu tuscheln,
aber die meisten starren nur mit geöffnetem
Mund.
Ich höre die schweren Schritte von Meister Franz
in seinen derben Stiefeln hinter mir. Doch ich
wende meinen Blick nicht von den Gaffern, sehe
jeden Einzelnen an. Der dicke Gastwirt, mit
seinem schmierigen Hemd über dem dicken Leib
und der fetten Geldbörse am Gürtel. Eben hat er
noch am lautesten gejohlt. Jetzt starrt er mit
offenem Mund und ein dünner Speichelfaden
tropft zäh auf seine Brust. Die junge Müllerin, ich
glaube sie heißt Anna, hält eine Ecke ihrer Schürze
vor den Mund gepresst und Tränen laufen über
ihre Wangen.
Ob dieses Ereignisses drängen sich die Menschen
dicht an dicht auf dem Marktplatz. Selbst der
hagere Nachtwächter, der nach Torschluss so

manchem Spätheimkehrer die letzten Pfennige abgenommen, steht auf seine Hellebarde gestützt zwischen dem Pöbel. Aus jedem Fenster, dass einen guten Blick verspricht, recken die Menschen die schmutzigen Hälse.

Jetzt steht Meister Franz neben mir. Behutsam legt er seine Hand auf meinen Kopf und unsere Blicke treffen sich. Eine tiefe Sanftheit liegt in diesen dunklen Augen, die schon so viele unaussprechliche Dinge geschaut haben. In den vergangenen Tagen, in denen ich seinem Handwerk beiwohnte, war dieser Blick immer sanft geblieben, seine Stimme immer ruhig und einfühlsam. Egal, ob er zum hundertsten Mal die gleiche Frage stellte oder seine schwieligen Hände kräftig zupackten, ich habe nie in seinen Augen Anspannung oder gar Zorn gesehen.

Man sagt, die Zünfte verstoßen jeden, der ihn berührt oder gar einen Humpen Bier mit ihm trinke.

Obwohl die Menschen ihn meiden und er an seinem Tisch am Eingang des Gasthauses immer alleine sitzt, gibt es sicher keinen, der einen begründeten Groll gegen ihn hegt.

Selbst meine Mutter ging häufig zu ihm, um sich nach der Arbeit auf dem Feld den ausgerenkten Rücken richten zu lassen. Sie erzählte mir oft, dass es niemanden gäbe, der mehr über das Knochengerüst und die menschlichen Gebrechen wisse, als Meister Franz.

Obgleich sie gerade in der Erntezeit oft mehrfach in der Woche seine Dienste in Anspruch nahm, tat sie es stets heimlich spät abends und wenn wir ihn auf dem Markt oder zufällig vor den Toren trafen, wendete sie stets ihr Gesicht ab.

Auch jetzt, wo unsere Blicke sich treffen, liegt nur Sanftheit in diesen Augen. Er streicht mit seiner großen Hand über mein Haar und spricht mit fester, ruhiger Stimme: „Magst noch nicht gehen?" Ich bewege meine Lippen, aber die Worte wollen meinen Mund nicht verlassen und so wende ich meinen Blick wieder zu den Zuschauern.

Die junge Müllerin hat jetzt das Gesicht in der Schürze vergraben und weint bitterlich. Wie gerne würde ich jetzt schützend den Arm um sie legen. Sie vom Marktplatz führen und geloben, dass sie nie wieder solch Greul schauen müsste.

Der Gastwirt wischt sich mit dem schmierigen Ärmel den Speichel vom Mund, ohne den Blick abzuwenden. Seine Hand wandert zum Gürtel und der Griff an die prall gefüllte Börse scheint ihn ein wenig zu beruhigen.

Die ersten Schreie von „Teufelswerk" und „Hexerei" ertönen. Einige bekreuzigen sich oder beginnen zu beten. Frauen greifen nach den Händen ihrer Männer oder halten ihren Bälgern die Augen zu.

„Verbrennen" schreien die ersten und die Angst in ihren Augen weicht hasserfüllten Blicken. Meister Franz tritt vor, er ruft die Gaffer zur Ruhe, mahnt sie zur Gottesfürchtigkeit und Rechtschaffenheit. Aus den Augenwinkeln sehe ich, wie seine Helfer den Körper wegschleifen, um ihn als Mahnmal vor den Toren aufs Rad zu binden.

Meine Lieder werden schwer. Ich kann ihr Geglotze nicht mehr ertragen und schließe meine Augen. Hinter mir höre ich nach langer Zeit die vorgeschriebene Frage von Meister Franz: „Herr Richter, habe ich recht gerichtet?" Aus weiter Ferne die pflichtmäßige Antwort: "So Du gerichtet hast, wie Urteil und Recht gegeben hat, so lass ich es dabei bleiben."

Noch einmal hallen die Worte von Meister Franz in meinem Kopf: „Magst noch nicht gehen?"

Nein, denke ich, aber ich muss.

Das Tagebuch des Nürnberger Scharfrichter Franz Schmidt, der in der Zeit von 1573 bis 1617 fast 400 Hinrichtungen vollstreckt hat, berichtet von einem Enthaupteten dessen Kopf auf dem Stein noch „eine halbe Viertelstunde" die Augen bewegt, „als ob er sich umsehen wolle" und Zunge und Mund bewegt, „als ob er sprechen wolle."

„Herr Schmidt und die Liebe"

Tim Otte 04/2013
-unveröffentlicht-

Während Schmidt angestrengt lauscht, achtet er peinlichst genau darauf, nicht in die sich rasch ausbreitende Blutlache zu treten. Routiniert schraubt er den Schalldämpfer ab und schiebt ihn mit der Glock in seine Jackentasche. In der Wohnung über ihm hämmert dumpfe Heavy Metal Musik und irgendwo im Haus wird lautstark eine Tür zugeknallt.

Typische Geräusche in einem billigen Mehrfamilienhaus.

Er betrachtet den Toten. Ein aufgedunsener Mittdreißiger mit auffälliger Kleidung, protzigen Ringen und Ketten. Ein Straßendealer, wie man ihn aus schlechten Krimiserien und Filmen kennt. Die Art von Typen, die ihresgleichen mit seltsamen Ritualen die Hand geben und wohl heutzutage als „cool" gelten.

Kalt würde dieser zumindest bald sein. Schmidt steigt vorsichtig über den Toten als sein Smartphone in der Tasche vibriert. Eine E-Mail. Er schaut auf die Armbanduhr. 22:57 Uhr. Sein Herz schlägt schneller und er widersteht dem Drang das Handy aus der Tasche zu ziehen. Er weiß, dass sie es ist. Er hat extra für sie einen neuen Mailaccount angelegt.

Stimmen im Treppenhaus. Schmidts Puls verlangsamt sich und seine Hand fährt in die Jackentasche. Zwei Personen gehen lachend an der Wohnungstür vorbei. Eine männliche und eine weibliche Stimme. Schmidt wartet bis die Haustür zuschlägt und die Schritte verstummen. Mit seinem Taschenmesser pult er nach dem Vollmantelgeschoss in der Zimmerwand. Wieder vibriert sein Handy. Schmidt zögert einen Augenblick, dann zieht er das Smartphone aus der Tasche und seine Finger fliegen über das Display.

„Hallo mein geheimnisvoller Liebhaber (smiley). Die Nacht mit Dir war unglaublich. Müssen uns unbedingt wiedersehen (frech grins). Wann kannst Du Dich denn mal wieder von Zuhause wegschleichen und Dein kleines Luder vernaschen?"

Kuss Petra.

Schmidt hört sein Blut in den Ohren rauschen. Petra - Er sieht sie in Gedanken vor sich. Wie sie sich in ihrem durchsichtigen Negligé im Bett unter ihm bewegt.
Das Geschoss fällt in seine Handfläche und er schiebt es in die Hosentasche. In Gedanken hört er wieder ihre Stimme. All die Worte, die sie ihm vor Tagen dabei ins Ohr gestöhnt hat. Er wischt sich einen Schweißtropfen von der Stirn und zwingt sich professionell zu bleiben.
Konzentriert arbeitet er gedanklich seine Liste ab. Wo Fahrzeug abgestellt? Wie reingekommen?

Unerkannt geblieben? Latexhandschuhe? Was angefasst? Wie viele Schüsse abgegeben? Spuren beseitigt? - Irgendetwas fehlt. Die Liste ist nicht komplett.

Immer wieder sieht er Petra in Gedanken vor sich. Hört ihre Stimme und ihr Stöhnen. Schmidt grübelt. Geht immer wieder seine Liste durch und ertastet wiederholt das Geschoss in seiner Hosentasche. Er schüttelt den Kopf, versucht die Gedanken an Petra zu vertreiben und sich auf seine Arbeit zu konzentrieren.

Schmidt lauscht einen Augenblick, bevor er leise ins dunkle Treppenhaus schleicht und lautlos die Tür hinter sich schließt. Er arbeitet weiter seine Liste ab. Unerkannt bleiben! Am Auto vorbeigehen und die Umgebung beobachten! In einem dunklen Torbogen die Wendejacke wieder umdrehen und die Mütze absetzen! Körperhaltung verändern und direkt zum Auto!

Er schließt die Autotür und atmet einige Male tief ein und aus.

Petra - wieder sieht er sie in Gedanken vor sich. Diesmal bekleidet. So, wie sie bei ihrem ersten Blind Date in der kleinen Bar vor ihm saß. Schlanke, weibliche Figur, ca. 165 cm groß, beiges Kostüm mit Rock, Seriös, aber auch aufreizend, die blonden Haare hochgesteckt. Sie lächelt ihn kess an und ist mindestens 25 Jahre jünger als er.

32 Minuten später liegen sie wild keuchend in ihrem Bett. Früh um 4:25 Uhr verabschieden sie sich wie zwei Teenager nach dem ersten Mal. Er hat ihr erzählt, er sei verheiratet. Seine Frau habe Nachtschicht und käme um 5:30 Uhr nach Hause. Schmidt lügt nicht gerne, aber er kann ihr schlecht die Wahrheit sagen:

54 Jahre, ledig, Auftragsmörder.

Das Smartphone vibriert. Eine weitere E-Mail. Einen Augenblick versucht Schmidt, dem Drang zu widerstehen. So, als wolle er sie dafür mit Missachtung strafen, dass sie ihn so sehr von seiner Arbeit ablenkt. Er zieht das Handy aus der Tasche.

„Ein kleiner Vorgeschmack!" (smiley)

Kuss Petra

Die Mail hat einen Anhang. *dessous.jpeg.* Auf dem Bild kniet Petra auf dem Bett und blickt verführerisch in die Kamera.
Wieder pulsiert sein Blut, diesmal nicht nur in seinen Schläfen. Schmidt betrachtet das Foto mit einem leichten Lächeln. Genau so hat er sie in Erinnerung. Die Pose, der Hauch von Nichts, der ihren schlanken Körper umschmeichelt, aber keinesfalls verdeckt, ihr verführerischer Blick. Genau wie auf dem Foto.

Das Foto! *„Verdammt!"* zischt Schmidt. Die Liste ist nicht komplett. Der Auftraggeber wollte ein Foto nach getaner Arbeit. Sein Puls wird langsamer. Er hat wenig Verständnis für solche Sonderwünsche. Blasiertes Gehabe, um vor anderen zu prahlen. Sicher, auf der einen Seite ein gutes Mittel zur Einschüchterung. Auf der anderen Seite jedoch der Jackpot bei jeder polizeilichen Hausdurchsuchung.

Schmidt fährt ein paar Straßen weiter und parkt das Auto.

In einem dunklen Torbogen die Wendejacke wieder umdrehen und die Mütze aufsetzen! Körperhaltung verändern! Die Umgebung beobachten! Unerkannt bleiben!

Schmidt hockt neben dem Dealer. Die Augen des Toten sind halb geschlossen und ein dünner Blutfaden rinnt aus dem Einschussloch in der Stirn. Aus der Nähe betrachtet, mit entspannten Gesichtszügen, schätzt Schmidt ihn eher auf Ende zwanzig.

Halb so alt wie er. Eben das Alter der Männer, die eher zu einer Frau wie Petra passen würden. Die Art von Typen, die mit ihr bis zum Morgengrauen durch angesagte Bars und Clubs ziehen und sich nicht in der Nacht unter einem Vorwand aus ihrer Wohnung schleichen.

Gut, Schmidt ist in Form – trainiert täglich im Fitnesscenter und trägt seine grauen Haare kurz geschnitten. Dennoch sieht man ihm an, dass er seine besten Jahre hinter sich hat. *„Ich mag reife, erfahrene Männer!"* Hat ihm Petra bei Ihrem Blind Date zu gesäuselt und verheißungsvoll geblinzelt. Trotzdem, sie könnte seine Tochter sein. Schmidts Gedanken schweifen ab. Er denkt an ihren makellosen Körper, das jugendliche Kichern, dass ihm selbst das Gefühl gibt, wieder ein Twen zu sein. Vielleicht könnte er ihr sagen, dass er nicht verheiratet ist. Einfach keinen Druck auf sie ausüben – Die Dinge langsam angehen wollte. Seine Wohnung ist bezahlt und er hat sein Geld gut angelegt. Doch würde er ihr die Dinge bieten können, die eine Frau in ihrem Alter erwartet?
Schmidt macht ein paar Bilder mit dem Smartphone, lauscht an der Wohnungstür ins Treppenhaus und schließt die Tür leise hinter sich. Wo Fahrzeug abgestellt? Wie reingekommen? Unerkannt geblieben? Latexhandschuhe? Was angefasst? Foto gemacht? Spuren beseitigt?

Schmidt ist wieder auf der Straße.

Unerkannt bleiben! Am Auto vorbeigehen und die Umgebung beobachten! In einem dunklen Torbogen die Wendejacke wieder umdrehen und die Mütze absetzen! Körperhaltung verändern und direkt zum Auto!

Schmidt hat die ganze Nacht wach gelegen. Dem Drang widerstanden, ihr von seinem Laptop eine Mail zu schicken. Um 11:32 Uhr betritt er eins der vielen Cafes im Studentenviertel mit eigenem Hotspot. Er öffnet den Mailaccount. Sie ist online. Sein Herz schlägt schneller und er schreibt ein kurzes: *„Hi."* Um ihn herum sitzen typische Studenten. Teils lautstark diskutierend, teils stumm auf ihre Laptops oder Tablet-PC's starrend.

In dem braunen Tweedsakko mit ledernen Ellenbogenpatches sieht er aus wie ein Uniprofessor in der Mittagspause.

„Hi!" (smiley) Sein Herz klopft bis in seine Ohren.

„Habe Deine Mail gerade erst gelesen." schreibt er. Schmidt hasst es, zu lügen.

„Wie schade! War total heiß auf Dich!" (smiley)

„Wann hast Du Zeit?" Er überlegt kurz. Etwas später, in einem anderen Cafe, wird er die Bilder an den Auftraggeber verschicken. Das Honorar wurde im Voraus gezahlt. Er wischt sich einen Schweißtropfen von der Stirn und nippt an seinem Cafe. *„Um 22:00 Uhr bei Dir?"* Seine Hand zittert leicht, während er die Entertaste zum Senden drückt. Die Bedienung fragt ihn, ob er noch etwas möchte und Schmidt verneint.

Um 21:59 Uhr ertönt der Summer und Schmidt drückt die Haustür auf. Er nimmt zwei Stufen gleichzeitig, während er über das Treppenhaus die vierte Etage zu ihrer Wohnung erklimmt. Die Tür ist angelehnt. Schmidt tritt ein und wickelt eine einzelne Rose knisternd aus dem Blumenpapier. Das Wohnzimmer ist hell erleuchtet. Petra sitzt mit angezogenen Beinen auf dem Sofa. Weites T-Shirt und eine graue Freizeithose. Auf dem Tisch ein Rätselheft mit Kugelschreiber. Tonlos flimmert eine Spielshow im Flachbildfernseher an der Wand.

Schmidt ist verwirrt. In seiner Phantasie waren da Kerzen, gedämpftes Licht und Petra in diesem Hauch von Nichts. Er legt die Rose auf den Tisch und setzt sich neben sie auf das Sofa.

„Alles in Ordnung?" Petra weicht stumm seinem Blick aus. Schritte auf dem Flur. Schmidt schaut auf. Ein großer, dunkelhaariger Mann steht im Türrahmen. Kurzgeschorene Haare, enges T-Shirt, Jeans. Die muskulösen Arme bis zu den Handgelenken tätowiert.

„Na, wenn das mal nicht unser verheirateter Gigolo ist!" Er macht ein paar Schritte auf ihn zu und wirft wortlos einen Stapel Fotos auf den Tisch. Schmidt betrachtet die Bilder. Fotos, die ihn und Petra in ihrem Bett zeigen. Alle aus der gleichen Perspektive aufgenommen. Wahrscheinlich eine versteckte Kamera im

Schlafzimmer, denkt er.

„Da, wo die herkommen, gibt es noch mehr. Inklusive eurem ganzen schmutzigen Mailverkehr." Der Typ verschränkt lächelnd die Arme vor der Brust, unter der sich seine mächtige Muskulatur spannt. Schmidt ordnet die Bilder zu einem gleichmäßigen Stapel und legt sie behutsam neben das Rätselheft. Wieder weicht Petra schweigend seinem Blick aus. „Wenn Du geiler Bock meine Freundin fickst, wirst Du gefälligst auch dafür zahlen!" Drohend macht der Typ zwei weitere Schritte auf das Sofa zu und starrt Schmidt von oben herab an. „Ich denke, morgen flattern hier fünf große Scheine ins Haus. Zum Mitschreiben: Fünftausend! Das sollte fürs Erste reichen. Ansonsten tapeziere ich damit Deine Wohnungstür – klar?"

Schmidt Puls verlangsamt sich und ein tiefer Seufzer dringt über seine Lippen. Er blickt noch einmal zu Petra, die wieder seinem Blick ausweicht.

Dann passieren mehrere Dinge annähernd gleichzeitig:

Schmidt greift nach dem Kugelschreiber, der auf dem Rätselheft liegt und springt auf. Im Hochschnellen vollführt sein rechter Ellenbogen einen Schwung und trifft hart Petras Schläfe. Aus dem Augenwinkel sieht er wie sie bewusstlos auf dem Sofa zusammensackt. Der Typ starrt ihn mit aufgerissenem Auge an. Mit dem rechten Auge. In dem anderen steckt der Kugelschreiber. Schmidt fegt ihn mit einer kurzen Bewegung von den Beinen. Seine Rechte schlägt auf das Ende des Kugelschreibers. Ein leises Knacken, ein kurzes Zucken, dann ist es vorbei.

Petra liegt gefesselt und geknebelt auf dem Sofa und starrt ihn mit ihren geröteten Augen an. *„Tu mir bitte nicht weh!"* fleht ihr Blick. Schmidt sieht sie mitleidsvoll an und schweigt.
Er hasst es zu lügen. 37 Minuten später schließt Schmidt leise die Haustür hinter sich.

Wo Fahrzeug abgestellt? Wie reingekommen? Unerkannt geblieben? Latexhandschuhe? Was angefasst? Spuren beseitigt?

„Der Trollwald" passt eigentlich vom Genre nicht in diese kleine Sammlung.

Es ist der Anfang einer Idee für einen Fantasyroman, der mich Mitte der 90'er Jahre lange beschäftigte.

Irgendwann war das Feuer für dieses Projekt dann erloschen, aber es wäre irgendwie zu schade, diese ersten Kapitel einfach zu löschen.

Vielleicht spinnst Du, lieber Leser, die Geschichte in schlaflosen Nächten einfach weiter und verhilfst den Trollen zu einem Happy End.

„Der Trollwald"

Tim Otte 12/1994
-unveröffentlicht-

Als Tunga, der dunkle Mond, vor langer Zeit auf das Land stürzte, zerstörte er viele Reiche und ihre Bewohner. Auch das Reich der Trolle wurde von den Explosionen erschüttert und riss viele von ihnen in eine andere Welt.
Mit der Zerstörung kamen die Orcs und überrannten das Land.
Schirrah, dem weißen Häuptling gelang es, sein Volk durch eine List zu retten.
Durch die Explosionen entstanden auch die Kristalle, welche lange Zeit die einzige Verbindung zu der anderen Welt darstellten.

Später gelang es den Trollen ein Tor zwischen den Welten zu öffnen und ihre verschollenen Freunde zu finden. Doch diese lebten in anderer Gestalt in einer anderen Welt: Unserer Welt.
Wenn der Weise der Trolle ruft, kommen sie in ihrer wahren Gestalt durch das Tor und feiern für eine Nacht die große Zusammenkunft. Doch ihre Helden leben nur noch in ihren alten Geschichten und das Volk der Trolle wird wieder von den Orks bedroht.

Der Festplatz

Das Licht der untergehenden Sonne tauchte den Wald in einen goldenen Schimmer. Die Blätter der Bäume hatten bereits die rötliche Färbung angenommen, welche den näher rückenden Herbst ankündigte.

Der alte Troll saß am Rande der großen Lichtung. Sein faltiges Kinn mit dem mächtigen weißen Bart ruhte auf seiner Brust. Seit Sonnenaufgang hatte er hier gesessen und die Vorbereitungen für die große Zusammenkunft überwacht.
Die Anwesenheit des Weisen während der Vorbereitungen war eher ein Ritual, denn jeder Troll des Stammes kannte seine Aufgaben genau und führte sie gewissenhaft aus.
Barth, der Weise, nutzte diesen Tag, um sich auf die Anstrengungen der kommenden Nacht vorzubereiten.
"Möchtest du noch etwas Wasser, weiser Barth?" Barth öffnete langsam die Augen und einer der jüngeren Trolle hielt ihm einen Wasserschlauch entgegen. Er nahm den Schlauch und bedankte sich murmelnd.
Der kleine Troll lief zu den anderen zurück und Barth schaute über den Festplatz.
Die Vorbereitungen waren abgeschlossen.

Man hatte die großen Holzfässer aufgebaut und die Zapfhähne eingeschlagen. Einfache Holztische und Bänke waren zusammengeschoben und mit bunten Blumen geschmückt.

Einige Trolle waren damit beschäftigt, das letzte Schwein auf einen Spieß zu schieben und über das Feuer zu heben.

Barth nickte zufrieden und beschloss, noch ein wenig zu dösen. Nach kurzer Zeit schlief er ein. Wieder begannen die Träume.

Während der letzten Tage hatte sich in seinen Träumen alles um die anderen gedreht und er wusste, dass es wieder Zeit für die große Zusammenkunft war.

Die Zusammenkünfte waren die Brücke zwischen den Welten und für diese Nacht konnten die anderen in ihrer natürlichen Gestalt in den Wald zurückkehren.

Seit Tagen war er jede Nacht der anderen Welt ganz nah gewesen, doch vieles, was er sah schien ihm unlogisch und unverständlich. Manchmal war er in ihren Köpfen, dann sah er mit ihren Augen und hörte fremde Geräusche. Doch dieser Zustand bereitete ihm immer unglaubliche Kopfschmerzen und so wachte er meist wenige Augenblicke später auf.

Barth öffnete die Augen. Ein kleines Licht flog in kleinen Schleifen über den Festplatz. Ein Lächeln umspielte die Lippen des alten Trolls, während er den Flug der Elfe verfolgte.
Diese zierlichen leuchtenden Wesen waren die Sinne von Meister Suhl. Ehrfürchtig neigte Barth sein Haupt bei dem Gedanken an ihn.

Suhl lebte hoch in den Bergen des Ostens, blind und älter als die Welt.
In seiner Behausung flogen die Elfen ein und aus, um ihm von den Ereignissen im Land zu berichten.
Manchmal, wenn der Mond von dichten Wolken umgeben war, konnte man das Leuchten der Elfen, die die Suhl's Höhle umschwebten, bis zum Festplatz der Trolle sehen.
Vor langer Zeit hatte der Meister im Traum zu ihm gesprochen. Barth war damals noch jung und die anderen Trolle kannten ihn als wilden Raufer. In seinem Traum sah Barth wie Doran der Weise ihm seinen Stab übergab und in die östlichen Berge zog. Doran hatte in dieser Nacht den gleichen Traum und während der nächsten Monate gab er all sein Wissen an Barth weiter.
Er erzählte ihm von der Teilung der Welt und den Wesen des Waldes. Lehrte ihn, Tiere und Pflanzen zu verstehen und die Sprache der anderen Welt.

Als der nächste Frühling kam und Doran ihm den Stab der Weisen übergab, war Barth nicht mehr Barth der Raufer, sondern der Weise aller Trolle.

Barth öffnete träge die Augen. Der goldene Schimmer war einem tiefen Rot gewichen. Die ersten Trolle, die nicht in der großen Gemeinschaft um den Festplatz lebten, waren bereits eingetroffen. Barths Knochen knirschten bedenklich, als er aufstand, um sie zu begrüßen.

Als die Dunkelheit einsetzte, verließ er den Festplatz, denn es war Zeit, die anderen zu rufen und das Tor zu öffnen.

Firna

Firna saß auf dem Ast eines Baumes und hatte den Sonnenuntergang beobachtet. Sie musste einen Moment eingenickt sein, denn die Sonne war verschwunden und die Dämmerung begann.

"Was bin ich nur für eine Träumerin!", dachte die junge Elfe und begann flink ihre Flügel zu reinigen.

Nachdem sie Meister Suhl von den Vorbereitungen am Festplatz der Trolle erzählt hatte, hatte er sie geschickt, um ihm von der Ankunft der anderen zu berichten. Doch Firna liebte den Sonnenuntergang und sie genoss diesen Augenblick so oft sie konnte.

Sie liebte dieses leichte Kribbeln, das sie verspürte, wenn ihr Körper nach Sonnenuntergang zu leuchten begann. Für die meisten Bewohner des Waldes war dieses Leuchten heilig und laut ihren Überlieferungen würde das Böse nie in den Wald einziehen, solange diese heiligen Lichter leuchten würden.

Firna musste lächeln. Für sie war das Leuchten so natürlich wie ihre Arme, ihre Beine und ihre Flügel. Aber immer, wenn die Waldbewohner die Elfen sahen, lächelten sie und winkten ihnen nach. Vielleicht war das Leuchten nicht heilig, aber die Waldbewohner erfreuten sich daran und Firna liebte es, wenn die Wesen glücklich waren.

"Genug geträumt!", sagte Firna laut und ärgerte sich schon wieder über ihre Nachlässigkeit. Der Meister hatte ihr eine Aufgabe zugeteilt und sie war spät dran.

Barth öffnet das Tor

Er stellte den Stab mit dem klaren Kristall in eine
Halterung in der Mitte der Hütte. Nachdem er die
Fenster geschlossen hatte, öffnete er den
Rauchabzug und entzündete das Feuer. Ein Stapel
trockenes Feuerholz stand sauber aufgeschichtet
neben der Feuerstelle.
Drei junge Trolle hatten es wie jeden Morgen
gebracht und die Feuerstelle gereinigt. Sie hatten
auch frisches Wasser vom Fluss gebracht und die
Hütte gefegt. Wenn ihre Arbeit am Mittag
verrichtet war, belohnte Barth sie nach dem Essen
mit einer Geschichte. So hatte jeder Troll
irgendwann dem Weisen seiner Zeit gedient und
das nötige Wissen über das Leben im Wald und
die Geschichte der Wesen erhalten.
Barth nahm eine verzierte Schüssel und setzte sich
auf die Felle neben dem Feuer. Lange saß er
regungslos da, dann nahm er etwas von dem
silbernen Staub und warf ihn in die Flammen.

Der Kristall im Stab des Weisen begann zu
leuchten und der Staub stieg aus den Flammen
und erfüllte die Hütte mit einem glitzernden
Schein.

Barth träumte und während das Tor sich öffnete,
berührte er die Seelen der Trolle der anderen Welt
und rief sie zur großen Zusammenkunft.

Am Ufer

Firna flog summend in Richtung des Festplatzes.
Sie schwebte tief über den Gräsern, denn der Weg
zu den Trollen war weit und der leichte Wind
erschwerte ihren Flug nur unnötig.
Sie erreichte das Ufer des großen Flusses und
machte einen Augenblick auf einem Schilfblatt
Rast.
Während die Elfe neue Kräfte für den Flug über
den ungeschützten Fluss sammelte, summte sie
lächelnd ihr Lied.
Die Dämmerung war schon weit fortgeschritten
und ihr Leuchten reflektierte sich auf der
Wasseroberfläche. Etwas vom Ufer entfernt stand
ein Hecht im Fluss und als Firna ihn überflog,
schwamm er einige Meter unter ihr her. Firna
winkte ihm lächelnd zu und flog weiter.
Sie war nicht mehr weit vom anderen Ufer
entfernt, als sie das leichte Schimmern entdeckte.
Es war die Farbe des Elfenleuchtens, doch der
Schimmer war blässlich und schwach.
Firna änderte leicht ihre Richtung, um das
Schimmern zu untersuchen.
Sie hatte den Schilfrand des Ufers erreicht und
musste noch etwas flussabwärts fliegen. Durch
den dichten Schilfgürtel sah sie, dass sie sich dem
Leuchten näherte, konnte es jedoch nicht genau
erkennen.

Jetzt hatte Firna die Stelle erreicht und vor Schreck wäre sie beinahe in den Fluss gefallen.

Auf einem Blatt lag eine regungslose Elfe mit verknickten Flügeln. Ihr Leuchten war nur noch sehr schwach und Firna landete vorsichtig neben ihr.

Firna kannte die Elfe, sie hieß Sula und der Meister hatte sie genau wie Firna ausgeschickt, um von der Ankunft der anderen zu berichten. Vorsichtig hob Firna ihren Kopf und strich ihr über die Wange. Die Elfe öffnete stöhnend die Augen und flüsterte etwas. Firna verstand nicht und legte ihr Ohr ganz nah an den Mund der Elfe.

"Flieg Firna, Gefahr!" Doch eher Firna begriff, flog das Netz zielsicher über sie.

Die Maschen schnürten ihre Flügel zusammen, als der Ork sie grinsend vor sein Gesicht hob.

Er band das Netz mitsamt der Elfe an seinen Gürtel und schnippte das andere Leuchtwesen mit zwei Fingern vom Blatt.

Sula landete kopfüber in der Strömung und während sie langsam flussabwärts trieb, erlosch ihr letztes Leuchten.

Als sich das Tor hinter Tongram schloss, öffnete er langsam die Augen und inhalierte die klare Luft. Viel Zeit war seit der letzten Zusammenkunft vergangen und obwohl der Schritt durch das Tor an seinem alten Körper zerrte, schlug sein Herz jetzt gleichmäßig und die Freude trieb ihm die Tränen in die Augen.

Tongram stoppte die große Schildkröte und stieg aus dem sattelähnlichen Sitz. Er versuchte sich zu orientieren. "Bleib hier, mein Mädchen!", sagte er und die riesige Schildkröte begann das saftige Gras zu fressen.

Tongram trat aus den Büschen. In der Ferne erkannte er die Silhouette der Berge: Osten. Vor ihm Schilf und Wasser. Er ging einige Schritte durch die dichten Gräser und stand am Ufer. Jetzt wusste er, wo er war.

Es war noch ein ziemliches Stück bis zum Festplatz, aber mit Rose, seiner Schildkröte, stellte der Fluss kein Hindernis dar. Er spitzte die Lippen und pfiff.

Der Pfiff hallte über den Fluss und die einzige Antwort war das Quaken eines Frosches.

Tongram kniete nieder, um einen Schluck Wasser zu trinken. Kein Wasser der anderen Welt war wie dieses. Die Büsche hinter Tongram raschelten, doch der Troll schien das Geräusch nicht zu hören. Erst als Rose direkt hinter ihm stand, ergriff er ohne sich umzusehen die Zügel.

"Wir werden jetzt ein wenig baden, mein Mädchen." Tongram schwang sich auf den Rücken der Schildkröte und nach einer kurzen Zügelbewegung stieg die Schildkröte vorsichtig in den Fluss und begann mit gleichmäßigen Zügen zum anderen Ufer zu schwimmen.

Tongram, überwältigt von seinen Gefühlen, spürte nicht die Gegenwart des anderen, der nur wenige Meter entfernt im Schilf kauerte und ihn mit zusammengekniffenen Augen beobachtete. Der Ork hatte das Netz mit der Elfe abgedeckt und erstickte ihre Hilferufe.

"Warum so nervös, mein Mädchen?" Tongram klopfte der Schildkröte an den Hals. "Wir sind bald zu Hause."

Obwohl der Festplatz noch ein ganzes Stück entfernt war, spürte Tongram die Tore, die sich in der Nähe des Festplatzes öffneten.

Er umfasste den Kristall, der an einem Lederband um seinen Hals hing. Jeder Troll der anderen Welt besaß einen, denn er war der Schlüssel zwischen den Welten.

Tongram erinnerte sich an die Geschichte, die ihm Doran einst erzählt hatte.

Die Geschichte handelte von der Verfolgung der Trolle in der anderen Welt und wie sie endlich lernten, sich mit Hilfe der Kristalle zu verwandeln. Sie war traurig und grausam, doch sie endete mit der Entdeckung des Tores zwischen den Welten durch den Weisen dieser Zeit. Für Tongram und die Trolle der anderen Welt hatte diese Geschichte eine besondere Bedeutung, denn wie ihre Ahnen und Urahnen mussten auch sie entscheiden, ob sie in der anderen Welt bleiben oder in den Trollwald zurückkehren wollten.

Die andere Welt, unendlich weit entfernt und doch mit einem Schritt zu erreichen. Er konnte noch die andere Luft riechen, schwer und schmutzig hing sie in seinen Kleidern.
Sie hatten inzwischen den breiten Schilfgürtel des anderen Ufers erreicht und ließen den Fluss hinter sich.
Am Waldrand lenkte er die Schildkröte nach rechts. Irgendwo musste hier der Pfad beginnen. Die Schildkröte lief fast lautlos über den feuchten Boden und Tongram suchte weiter den Waldrand ab.
Plötzlich lenkte die Rose nach rechts und lief durch die tiefhängenden Äste der äußeren Baumreihen. Tongram ließ die Zügel los und schlug fluchend seine Hände vors Gesicht, um sich vor den schlagenden Ästen zu schützen. Rose stoppte und als Tongram immer noch schimpfend die Augen öffnete, bemerkte er den Pfad.
Wie ein helles Band schlängelte er sich in den dichter werdenden Wald und verschwand in der Dunkelheit.
Er stieg ab, um seine Kleidung zu ordnen, wühlte in einer Satteltasche und brachte eine Laterne zum Vorschein.

Tongram entzündete die Laterne und schwang sich wieder in den Sattel. Vorausschauend, auf tiefe Äste achtend, machte er sich auf den Weg zur Lichtung.

Die Horde

 Unbemerkt wartete der Ork bis Tongram das andere Ufer erreicht hatte, dann lief er keuchend durch das dichte Gestrüpp.

Der Fluss lag schon ein ganzes Stück hinter ihm, doch die Angst trieb ihn immer schneller voran. Das plötzliche Auftauchen des Trolls hatte ihn so sehr überrascht, dass er, unfähig jeder Bewegung, zitternd im Schilf des Ufers zusammengesunken war. Glücklicherweise hatte nur das Reittier ihn gewittert und er konnte unbemerkt entkommen. Schnaufend blieb der Ork stehen. Er musste sich orientieren, um die Horde zu finden. Angestrengt schnupperte er in der kühlen Brise. Das leise Wimmern seiner Beute störte ihn nicht. Wieder schnupperte er und er roch etwas. Doch es war nicht seine Horde. Angewidert spie er aus. Trolle! Viele Trolle. Doch da war noch etwas. Ein fremder, eigenartiger Geruch und ein hohes Knistern, welches aus der Richtung kam, in die der Troll verschwunden war.

Der Gedanke an den weißhaarigen Troll, der

plötzlich aus dem Schilf getreten war, ließ ihn wieder erschaudern. Eine Auseinandersetzung mit dem Troll hätte der kleine Ork garantiert nicht überlebt. Trolle waren weitaus kräftiger als Orks und er hatte noch nie von einem Zweikampf zwischen einem einzelnen Ork und einem Troll gehört, der mit dem Sieg des Orks geendet hätte. Vielleicht konnte Kra einen Troll töten.

Kra, der Führer seiner Horde, hatte bisher jeden, der seinen Platz beanspruchte, mit Leichtigkeit besiegt.

Als sie gestern Nacht die Hütte eines Zwerges angezündet hatten, war es Kra gewesen, der den Zwerg mit einem einzigen Hieb seiner Axt tötete. Ja, Kra konnte bestimmt einen Troll töten. Vielleicht würde die Beute am Gürtel des kleinen Orks Kra imponieren und er würde so in den Kreis von Kra´s Vertrauten aufgenommen werden. Der Ork betrachtete die Elfe. Sie wimmerte nur noch leise und er schlug mit der flachen Hand gegen das Netz, so dass sie wieder zu weinen begann. Zufrieden band er das Netz an seinen Gürtel.

Als er sich gerade wieder in Bewegung setzen wollte, vernahm er den leisen Gesang. Geduckt und mit gespitzten Ohren schlich er leise durch das Gestrüpp in Richtung der Geräusche.

Nach wenigen Metern stand er am Rande einer großen Wiese. Die Augen eines Orks sind bei Weitem nicht so gut wie seine empfindliche Nase oder die langen Ohren, doch er konnte die beiden leuchtenden Punkte, die verspielt über die Wiese flogen, gut erkennen.

Instinktiv duckte sich der Ork und begann vor Aufregung zu zittern. Im letzten Moment deckte er das verräterische Leuchten seiner Beute mit den Händen ab.

Er überlegte fieberhaft, wie er diese beiden Elfen fangen könnte. Ihr Geruch, den er jetzt deutlich vernahm, machte ihn fast wahnsinnig. Seine Beute war als Köder noch zu wertvoll, denn sie war unverletzt. Er fand keinen Weg, die flinken Elfen zu fangen. So unterdrückte er widerwillig sein Jagdfieber und versuchte, den Geruch der Elfen zu ignorieren. Er konzentrierte sich auf den anderen Geruch, den er vor wenigen Augenblicken wahrgenommen hatte und den er jetzt schnuppernd durch die Nase einsog. Die Horde, sie war ganz in der Nähe.

Im Schutz der Büsche umrundete er die Wiese, um die Horde zu finden und Kra von den vielen Leuchtwesen zu berichten.

Eilig lief er weiter. Der Wind hatte etwas gedreht und er hatte sich der neuen Windrichtung so angepasst, dass er ihn jetzt genau von vorne bekam. Der Geruch der Horde wurde immer stärker und er vermutete, dass sie sich im Moor aufhielt. Die Hoffnung, bei Kra Anerkennung zu gewinnen, trieb ihn immer wieder zur Eile an.

Jetzt hatte er den Rand des Moores erreicht und der strenge Geruch der Horde überdeckte jeden anderen Geruch. Er verharrte und lauschte. Geräusche! Der Wind trieb ihm Fetzen von Brüllen und Getrampel zu. Er lief weiter und die Geräusche wurden deutlicher. Durch die Bäume konnte der Ork bereits kleine Feuer erkennen und er eilte voran.

Die Wachen, die er passierte, erkannten ihn am Geruch als einer der ihren und er erreichte den Lagerplatz, ohne aufgehalten zu werden. Die Horde hatte einen Kreis gebildet. Der Ork verharrte einen Moment. Nie war ihm die Größe seiner Horde so bewusst geworden. In den letzten Tagen mussten viele zu ihnen gestoßen sein.

Die Horde bestand jetzt aus mindestens 120 Orks. Eine normale Horde bestand höchstens aus 15, doch Kra hatte während ihrer Streifzüge einige Führer anderer Horden besiegt oder sie gezwungen, sich ihnen anzuschließen.

Beim Anblick des johlenden Kreises erahnte der Ork die Macht seines Anführers.

Doch der Anführer einer großen Horde hatte auch viele Neider und so diente dieser Kreis, den die

Orks gebildet hatten, nur einem Zweck:
Den Kampfplatz zu begrenzen.

Der Ork näherte sich dem Kreis und wurde von
der Menge verschluckt. Geduckt drängte er sich
nach vorne und konnte die Kämpfenden
erkennen.
Garso, früher selbst Führer einer Horde, lag
schwer verwundet auf dem Boden. Er hatte
scheinbar gerade ein Auge verloren und
versuchte, das andere mit seiner freien Klaue zu
schützen. Er hatte schon seit einigen Tagen gegen
Kra gewettert und so bei der Horde seine
Herausforderung angekündigt. Jetzt lag Garso am
Boden und Kra hieb erbarmungslos auf ihn ein.
Der Ork hatte genug gesehen und drängte sich
aus dem Ring. Nicht, dass ihn dieser Kampf nicht
interessiert hätte, doch er kannte den Ausgang
und war schrecklich hungrig. Er schnitt sich etwas
von dem toten Schwein ab und spülte das rohe
Fleisch mit etwas Wein herunter.
Aus frischen Zweigen und einem alten
Lederriemen fertigte er einen Käfig an, in den er
die schluchzende Elfe legte.

Mohlin beobachtete den Kampf aus seinem
Versteck. Seine Beine schmerzten von der
tagelangen Flucht und er sehnte sich nach
erholsamem Schlaf.

Er hatte geglaubt, die grässlichen Kreaturen abgeschüttelt zu haben, bis sie ihn vor drei Tagen in seinem alten Versteck aufgespürt hatten. Seine Kräfte waren zu sehr geschwächt, um sein Versteck mit einem Tarnzauber zu schützen.

Es waren nur sechs von den Kreaturen gewesen, eigentlich kein Problem für einen erfahrenen Schützen wie ihn, doch seine Waffe war in der Schlacht zerbrochen und er hatte bisher keine Zeit gehabt, eine neue anzufertigen.

So blieb ihm nur wieder die Flucht und als sich seine Kräfte endgültig dem Ende neigten, stieß er zufällig auf ihren Lagerplatz. Die Wachen waren von dem Kampf abgelenkt und hier inmitten der hässlichen Kreaturen überdeckte ihr unglaublicher Gestank seine Witterung.

Lautlos kletterte er höher in die dichte Baumkrone und fesselte seinen Körper an den dicken Stamm. Bis zum Morgengrauen würde er neue Kräfte sammeln und über alles Weitere wollte er sich morgen Gedanken machen.

Wenn es ein Morgen gab.

Der Kreis löste sich auf und lediglich der leblose Körper von Garso zeugte nach wenigen Minuten von dem grausamen Spektakel.

Kra wurde unter dem Beifall seiner Vertrauten zu einem Baum geführt, den er sich als Lagerplatz gewählt hatte. Man brachte ihm Fleisch und Wein und huldigte seine Stärke.

Als sich der Aufruhr um die Herausforderung gelegt hatte, faste der kleine Ork all seinen Mut zusammen und näherte sich Kra.

Pargan, ein riesiger Ork und rechte Hand Kra's, funkelte ihn mit seinem einzigen Auge an. Man erzählte sich, dass ein Waldläufer ihm das andere Auge mit einem Pfeil ausgeschossen habe, bevor ihn Pargan mit bloßen Händen erwürgte. "Was willst du, Schmächtling?"

Die raue Stimme ließ den kleinen Ork zusammenfahren. "Ich habe ein Geschenk für den mächtigen Kra."

Pagan musterte ihn verächtlich. "Was kannst du Wicht Kra schon anbieten. Verschwinde." Die anderen lachten zustimmend.

Der kleine Ork sank noch weiter in sich zusammen. "Ein Leuchtwesen", wimmerte er.

"Komm zu mir, Kleiner." Gegen Kras Stimme wirkte Pargans tiefstes Grollen wie der Gesang der Leuchtwesen. Die anderen bildeten eine Gasse, an deren Ende Kra auf ihn wartete. Als der kleine Ork mit zitternden Knien vor Kra stand, zog er flink den kleinen Käfig unter seinen Fellen hervor und überreichte ihn Kra.

Lange betrachtete Kra die Elfe, die sich zitternd in die entfernteste Ecke des Käfigs gedrängt hatte. Nach wenigen Minuten, die dem kleinen Ork wie eine Unendlichkeit erschienen, löste Kra die Augen von der Elfe.

"Was willst du noch?", zischte er.

Der kleine Ork schluckte verlegen und starrte auf seine Füße. "Ich dachte, ihr würdet mich vielleicht in euer Gefolge..." Kras Blick brachte ihn zum Schweigen. Dann begann er brüllend zu lachen und packte den kleinen Ork am Gewand. Er zerrte ihn zu einem kleinen Gebilde, das mit einem alten Fell abgedeckt war und schleuderte den zitternden Ork zu Boden. "Sieh her!" Mit einem Ruck riss Kra das Fell von der bauchigen Flasche. Trotz der Dunkelheit konnte der Ork die Leuchtwesen erkennen, die in der Flasche kauerten. Sie kauerten eng zusammen und einige waren bereits tot. Kra riss den kleinen Käfig auseinander und öffnete die Flasche. Er ließ die weinende Elfe in die Flasche fallen und drückte grinsend den Korken in den Flaschenhals. Achtlos warf er den kleinen Käfig in die Büsche. "Ich hasse dieses glimmende Ungeziefer. Es macht mir Spaß, sie langsam sterben zu sehen." Kras Augen funkelten irre. "Sorge dafür, dass diese Flasche voll wird, Kleiner, dann gehörst du zu meinem Gefolge." Kra zog ihn dicht an sein Gesicht. "Wenn das also alles war, dann verschwinde jetzt." Er stieß ihn von sich und der kleine Ork taumelte einige Schritte rückwärts. Seine Stimme war nur ein Flüstern. "Trolle, viele

80

Trolle." Kra sah ihn über die Schulter fragend an und drehte sich langsam um.

Der Ork faste neuen Mut und berichtete ihm von seinem Erlebnis und den seltsamen Gerüchen am Fluss. "Es müssen sehr viele Trolle gewesen sein, denn ich konnte sie noch weit vom Fluss entfernt riechen."

Nachdem Kra ihn lange über die seltsamen Gerüche ausgefragt hatte, entließ er den kleinen Ork diesmal weitaus freundlicher. Kras Gefolge trat sogar einen Schritt zurück als er vorbeiging. Diesmal lachten sie nicht über ihn.

Das Fest

Der Schein der Feuer zeichnete sich klar gegen den Nachthimmel ab. Wieder musste Tongram die Schildkröte stoppen, um auf Soran zu warten.

Er hatte den Troll am Wegesrand aufgelesen. Ohne die Lampe wären sie bestimmt an dem Schlafenden vorbeigelaufen. Soran war wieder völlig betrunken und Togram musste ihm helfen, den Rücken der Schildkröte zu erklimmen.
Soran kam lallend näher. "Du solltest dich besser festhalten, sonst erreichen wir den Festplatz erst im Morgengrauen." Soran lallte etwas und nahm einen großen Schluck aus seinem Krug.
Ungeschickt kletterte er hinter Tongram und sie setzten ihren Weg fort.
Obwohl es nicht möglich war, mit Soran in diesem Zustand ein Gespräch zu führen, freute sich Tongram über die Gesellschaft. Er fragte sich, welcher Tätigkeit der Troll wohl in der anderen Welt nachgehen würde, unterließ es aber Soran danach zu fragen.
Glücklicherweise hielt er sich bis zur Lichtung auf dem Rücken der Schildkröte und als Tongram Rose stoppte, verschwand er grölend in Richtung der Weinfässer.
Tongram stieg aus dem Sattel und führte Rose unter die großen Bäume am Rand des Platzes, wo sie sich schwerfällig niederließ.

Er wurde von allen Seiten begrüßt, doch bevor er
sich zu einer der vielen Gruppen gesellen wollte,
musste er zuerst Barth den Weisen begrüßen.
Er musste nicht lange suchen, um ihn ausfindig zu
machen, denn viele Trolle hatten sich um ihn
gesellt, um ihn zu begrüßen und Geschenke zu
überreichen.
Er stellte sich in die Schlange der Wartenden und
man gab ihm einen Becher Wein.
"Bist du es, Tongram?" Er drehte sich um und sah
die junge Trollfrau fragend an. Sie war einen Kopf
kleiner als er und ihre dunklen Haare glänzten im
Schein der Feuer. Obwohl er sicher war, sie noch
nie gesehen zu haben, kamen ihm ihre Augen
bekannt vor. Er grübelte einen Augenblick, denn
er wollte nicht unhöflich sein. Schließlich gab er
auf. "Kennen wir uns schon?"
Sie lächelte. "Aus einer anderen Welt, so sagt man
doch wohl. Ich bin Nira."
Jetzt lächelte auch Tongram. "In dieser Welt bist
du noch hübscher, kleine Trollfrau." Sie umarmten
sich und prosteten auf ihr erstes Treffen im
Trollwald.

Nira war ihm bisher nur in der anderen Welt
begegnet. Dort hatten sie zwar beide andere
Gestalten, doch sein Gefühl und der Kristall um
ihren Hals hatte ihm verraten, dass sie eine der

ihren war. Nira war ihm bei den früheren Zusammenkünften nicht aufgefallen, obwohl sie wahrscheinlich die hübscheste Trollfrau war, die er je gesehen hatte. Vielleicht war sie auch in der anderen Welt geboren und hatte die Anlage der Verwandlung erst später übernommen. Er nahm sich vor, sie später danach zu fragen, denn jetzt war er an der Reihe, den Weisen zu begrüßen.

"Es ist schön, dich nach so langer Zeit wohlauf wiederzusehen, weiser Barth". Tongram verbeugte sich leicht. Barth klopfte ihm auf die Schulter. "Tongram, mein Freund, es freut mich, auch dich wiederzusehen.

Ich hoffe, wir haben später etwas Zeit, um zu plaudern." Tongram zog einige Bücher aus seiner Tasche und überreichte sie Barth. Die meisten waren Bilderbände über die andere Welt.

Tongram zeigte auf ein dickeres Buch. "Das heilige Buch der anderen Welt." Barth bedankte sich für die Geschenke und Tongram machte dem nächsten Troll Platz.

Nachdem er seinen Becher neu gefüllt und seinen Hunger gestillt hatte, setzte er sich auf eine etwas abgelegene Holzbank und beobachtete das bunte Treiben.

In der Mitte des Festplatzes hatte man ein großes Feuer aufgeschichtet, dessen Flammen hoch in den dunklen Himmel loderten. Die kleinen glühenden Holzspäne, die durch den leichten

Wind hoch in den Himmel getragen wurden, erinnerten ihn an den Tanz tausender kleiner Elfen.

Überall auf dem Festplatz brannten weitere kleine Feuer, an denen die verschiedensten Speisen zubereitet wurden oder an denen kleinere Gruppen von Trollen saßen und bei einem Becher Wein ihr Wiedersehen feierten.

An manchen Feuern lauschten die Trolle den alten Geschichten.

Später würde Tongram sich selbst an eines der Feuer setzen und vielleicht würde auch er eine Geschichte erzählen.

Die jüngeren Trolle liefen spielend über den Festplatz oder bestaunten die fremden Reittiere. Tongram reckte den Hals, um nach Rose Ausschau zu halten. Die alte Schildkröte war umringt von mehreren kleinen Trollen, die vorsichtig ihren Panzer berührten. Rose graste ungestört weiter und ließ die Neugier der jungen Trolle über sich ergehen. Sie hatte schon viele Zusammenkünfte miterlebt und würde sich später einfach in den Schatten der Bäume zurückziehen.

Als er hinter sich das Rascheln von Zweigen hörte, drehte er sich um. Groll trat aus dem Schatten der Bäume. Tongram lud ihn mit einer Handbewegung ein, sich zu ihm zu setzen. Der muskulöse Troll grüßte ihn mit einem kräftigen

Handschlag und setzte sich neben ihn. Seine Axt
lehnte er in Griffweite gegen die Bank.

Tongram musste lächeln. Groll würde sich nie
mehr als eine Armlänge von seiner Waffe trennen.
Selbst hier auf dem Festplatz musterte er
misstrauisch die Umgebung. Vor langer Zeit hatte
sich Groll von dem Stamm getrennt. Er jagte weit
im Norden und kam nur selten in das Dorf, um
seine Felle einzutauschen.

Nachdem die beiden eine Zeit lang
gedankenverloren in das große Feuer gestarrt
hatten, begann Groll zu sprechen.

"Aus welcher Richtung bist du zum Festplatz
gekommen, Tongram?" Grolls tiefe Stimme
verursachte ihm immer einen leichten Schauer,
doch er ließ sich nichts anmerken und antwortete,
ohne seinen Blick vom großen Feuer zu wenden.

"Das Tor öffnete sich auf der gegenüberliegenden
Seite des großen Flusses. Danach habe ich den
alten Pfad durch den Wald genommen." "Ist dir
im Wald irgendetwas aufgefallen oder hast du
Spuren gesehen?" Tongram schwieg einen
Moment. "Es war schon dunkel als ich den Wald
durchquerte, außerdem musste ich dauernd
darauf achten, dass Soran nicht von meiner
Schildkröte fällt." Tongram wandte den Kopf und
blickte in Grolls vernarbtes Gesicht. "Hätte mir
etwas auffallen sollen?"

Groll wandte den Blick wieder zum Feuer und schwieg eine Weile. Tongram hatte sich gerade damit abgefunden, keine Antwort auf seine Frage zu bekommen.

"Der Weg hierher führt durch die großen Diestelwiesen und das Golphin-Moor. Das eigentliche Moor beginnt erst weit hinter den Diestelwiesen. Vorher ist das sogenannte Moor nur ein dichter Wald mit festem Boden und in den wenigen Morastlöchern versinkt man nur knöcheltief."

Tongram nickte. Er kannte diese Gegend. Gegen das Verbot der älteren Trolle hatten sie als Kinder im Golphin-Moor Versteck gespielt.

"Auf diesem Waldstreifen lebt ein alter Zwerg. Sein Name ist Birgg und er war früher ein Waffenschmied. Ich habe bei ihm öfters Felle gegen Waffen getauscht." Wieder nickte Tongram. Die Zwerge waren früher für ihre Schmiedekunst berühmt und ihre Waffen waren in den alten Kriegen gefürchtet gewesen.

"Als ich Birgg heute auf meinem Weg zum Festplatz besuchen wollte, fand ich seine verkohlten Überreste neben der niedergebrannten Hütte."

Der drohende Unterton in Grolls Stimme war nicht zu überhören und Tongram blickte ihn wieder an. "Was glaubst du ist passiert?"

Grolls Miene verfinsterte sich noch weiter. "Er wurde ermordet. Sein Körper war beinah in zwei Hälften geteilt. Wie ich schon sagte, ist der Boden dort recht hart und ich bin kein so guter Fährtensucher wie Sinah, aber ich glaube, es waren Orks."

Bei diesen Worten fuhr Tongrams Kopf mit einem Ruck herum.

Langsam schüttelte er den Kopf. "Orks kommen nie in dieses Gebiet. Die großen Wiesen und die lichten Wälder bieten ihnen zu wenig Schutz." Nach einer kurzen Pause fügte er hinzu: "Außerdem fürchten sie uns Trolle." Die beiden saßen schweigend nebeneinander und starrten weiter ins Feuer. "Ich werde später mit Barth sprechen", sagte Groll.

Lange dachte Tongram über Grolls Bericht nach und als er sich umdrehte um ihn nochmals nach den Spuren zu fragen, waren Groll und seine Axt verschwunden.

Schihrah begegnet dem Drachen

Er fand Nira an einem der kleinen Feuer. Einige Trolle saßen hier zusammen und lauschten gespannt einem alten Troll mit weißem Bart. Die Geschichte handelte von der Begegnung mit einem Waldläufer. Tongram setzte sich neben sie und Nira nickte ihm kurz zu. Die Sache mit dem toten Zwerg beschäftigte Tongram noch zu sehr und er konnte sich nicht auf die Geschichte des alten Trolls konzentrieren. Er saß im Kreis der Zuhörer und hing seinen eigenen Gedanken nach.

Ein großer Krug Wein wurde herumgereicht und Tongram füllte seinen Becher. Am Rande des Festplatzes konnte er Groll und den Weisen stehen sehen und Barths Blick verriet ihm, worüber Groll gerade berichtete.
Das Murmeln der Trolle riss ihn aus seinen Gedanken. Man bedankte sich bei dem Erzähler für seine Geschichte.
"Tongram, erzähl uns doch auch eine Geschichte!" Er spürte die Blicke der anderen auf sich ruhen und wollte gerade ablehnen, als ihm die Geschichte wieder einfiel, an die er sich bei Grolls Bericht erinnert hatte.
Tongram beugte sich etwas vor und sah in die Runde. "Es ist eine sehr alte Geschichte und sie handelt von Schihrahs Begegnung mit dem Drachen."

Der alte Troll, der zuvor seine Geschichte erzählt hatte, nickte wissend. Alle älteren Trolle kannten diese Geschichte.

"Schihrah lebte vor sehr langer Zeit. Er war der größte Häuptling der früheren Trollstämme und nur durch seine Weisheit konnte unser Volk die Teilung der Welten überleben.

Wann immer ihr Suhl huldigt, solltet ihr nie vergessen, Schihrah in eure Gebete mit einzuschließen, denn sein Geist wird ewig über unser Volk wachen." Tongram machte eine Pause und blickte in die gespannten Augen der Zuhörer.

"Es war die Zeit, als Tunga, der dunkle Mond, auf das Land gestürzt war und große Teile und ihre Völker zerstört hatte. Die Zeit, als viele von uns in die fremde Welt gerissen wurden und wir noch nicht wussten, dass die entstandenen Kristalle uns mit ihnen verbinden.

In dieser bitteren Zeit waren auch die fremden Wesen im Wald erschienen.

Zum Beispiel die verbitterten Zwerge, die bis heute nicht verwinden können, dass ihr gesamtes Reich vernichtet wurde und jetzt als Einzelgänger in den Wäldern leben.

Doch mit der Zerstörung durch Tunga waren auch die Orks aufgetaucht. Niemand wusste, ob sie seit jeher im Land gelebt hatten oder ob sie Kreaturen von Tunga waren.

Mit den Orks begannen die Kriege.

Sie hatten sich zuerst im Norden, im Land der Waldläufer, ausgebreitet und es war zu blutigen Schlachten gekommen, welche nur wenige Waldläuferstämme überlebten. Doch da Tunga auch große Bereiche des Nordlandes zerstört hatte und die Orks sich schnell vermehrten, tauchten sie irgendwann im Trollwald auf.

Die anderen schienen für uns verloren und so war unsere Verteidigung stark geschwächt." Tongram nahm einen Schluck aus seinem Becher.

"Orks und Rattlinge hatten sich verbündet und ihr riesiges Heer drohte die Trollstämme zu überlaufen." Ein junger Troll meldete sich zu Wort: "Was sind Rattlinge?" Der alte Troll antwortete für Tongram: "Rattlinge waren hässliche, kleine Kreaturen, die in einem Sumpfland lebten. Da Tunga auch ihr gesamtes Reich zerstört hatte, hofften sie durch die Verschwörung mit den Orks zu überleben. Doch ihre Bemühungen erwiesen sich als vergebens, denn eine Krankheit rottete sie später völlig aus." Tongram erzählte weiter. "Die beiden Heere standen sich gegenüber und die feindliche Übermacht führte zu großen Verlusten auf unserer Seite. Schihrah wusste, dass er die Feinde nur durch eine List besiegen konnte. Als ihm endlich der rettende Einfall gekommen war, übergab er die Befehlsgewalt einem anderen

Häuptling und machte sich auf den Weg.

Schihrah lief Tag und Nacht, um zu den dunklen Bergen zu gelangen. Er wusste, dass hier einer der letzten Drachen lebte.

Unbemerkt wartete er am Fuß des Berges, bis der Drache das Nest verließ, um auf Beutefang zu gehen. Dann kletterte er auf die Spitze des Berges und stahl das einzige Ei aus dem Nest.

Mit dem Ei unter dem Arm wartete Schihrah auf den Drachen und als er zurückkehrte, drohte er, es mit seiner Axt zu zerschlagen. Der Drache tobte und brüllte und Schihrahs Haare wurden vor Angst weiß wie Schnee. Doch er hielt das Ei weiter fest und zwang den Drachen, ihm zu helfen. So flog Schihrah auf dem Rücken des Drachens zu seinem Stamm zurück. Als die Angreifer den Troll auf dem Rücken des mächtigen Wesens erblickten, flohen sie in alle Richtungen. Ein Troll, der auf dem Rücken eines Drachens ritt und dessen kostbares Ei schützend hielt, musste mächtiger als der Drache selbst sein.

Die Angst vor diesem mächtigen Troll schützte von diesem Tag an unseren Stamm."

Fasziniert blickten die Trolle Tongram an. "Was wurde aus dem Ei, Tongram? Der Drache war doch bestimmt ziemlich böse auf Schihrah."

Tongram sah die Trollfrau lächelnd an. "Man weiß nur, dass Schihrah mit dem Drachen einen Handel abschloss und als er nach vielen Tagen aus den dunklen Bergen zurückkehrte, waren seine Augen die eines alten, weisen Trolls."

Der Alte richtete sich an die Trollfrau. "Wenn die Weisen ihren Stab weitergegeben haben und nach Osten ziehen, hoffen sie, dass Meister Suhl ihnen Antwort auf diese letzte große Frage gibt."

Die Zuhörer bedankten sich bei Tongram und ein anderer Troll begann eine Geschichte zu erzählen. Er nickte Nira kurz zu und die beiden verließen die Gruppe.

Sie schlenderten langsam über den Festplatz. Die jüngeren Trolle waren schon von einigen älteren in die Hütten gebracht worden und das Murmeln der Erzähler an den kleinen Feuern erzeugte eine spürbare Spannung über dem Festplatz.

Sie setzten sich auf die Bank, auf der Tongram zuvor Grolls Bericht gehört hatte.

"Du siehst nicht glücklich aus, Tongram. Bedrückt dich etwas?" Nira schaute ihm direkt in die Augen und das große Feuer erzeugte zuckende Reflexe in ihren Haaren.

Er erzählte ihr kurz, wovon Groll ihm berichtet hatte. "Was hat das zu bedeuten, Tongram?" Nira berührte seinen Arm und sah ihn fragend an. "Ich habe bisher nur in den Geschichten von den Orks gehört und dachte, sie leben sehr weit weg."

Tongram schwieg eine Weile. Niras Unwissenheit

bestätigte seine Vermutung, dass sie in der anderen Welt geboren war. Jeder Troll, der im Wald geboren war, kannte die Orks. Die Älteren, wie Tongram, kannten sie aus früheren Zusammenstößen mit streunenden Horden und die Jüngeren aus den Erzählungen des Weisen. "Barth wird wissen, was zu tun ist. Vielleicht waren es ja auch gar keine Orks." Tongram schwieg wieder. Nach einer Weile lächelte er Nira an. "Wir sollten Barth die Entscheidung überlassen, es den anderen zu erzählen. Heute ist ein Fest der Freude und des Wiedersehens." Nira nickte und prostete Tongram zu.

Sie wechselten das Thema und Nira erzählte aus ihrer Jugend. Sie war in der anderen Welt geboren und die Gabe der Verwandlung hatte sich bei ihr erst sehr spät eingestellt. Ihre Eltern waren kurze Zeit später bei einem Schiffsunglück gestorben und da ihre Mutter ihr Geheimnis vor ihrem Mann verheimlichte, war nur wenig Zeit gewesen, über die andere Seite ihres Ichs zu sprechen. Nach und nach hatte Nira gelernt, mit der neuen Situation zu leben und aus dem Erbe ihrer Mutter, einer schweren alten Holzkiste, erfuhr sie die wichtigsten Dinge. Als ihr eigener Kristallanhänger zum ersten Mal zu leuchten begann, um sie zur Zusammenkunft zu rufen, wusste sie bereits, wohin die Reise geht.

Inzwischen hatte sie bei den unzähligen Zusammenkünften einiges über ihr anderes Ich erfahren und sie kannte sich bereits überraschend gut in der Heilung durch Kräuter aus.

Die beiden erinnerten sich lachend an ihr erstes Treffen in der anderen Welt.

Nira war zufällig in Tongrams alten Trödelladen gestolpert und hatte wie elektrisiert auf den Kristallanhänger an seiner Kette gestarrt. Stundenlang war sie im Laden umhergelaufen und traute sich nicht, ihn anzusprechen, bis Tongram das Wort an sie richtete.

"Besuche mich in der anderen Welt einfach so oft du möchtest, Nira. Ich werde versuchen, alle deine Fragen zu beantworten."

Nira nahm seine Hand und lächelte ihn an. "Das wäre wunderbar, Tongram. Es gibt so viele Fragen für mich und mit jeder Zusammenkunft wird das Gefühl, dass ich hierhergehöre, stärker."

"Jeder Troll fühlt so, Nira. Der Wald ist unsere Heimat und egal wo du bist, wirst du immer ein Teil von ihm sein. Der Ursprung unseres Lebens und all unserer Kräfte liegt hier."

Turinga

Nira hielt immer noch Tongrams Hand, als sie die leise Musik vernahmen. Tongram reckte den Hals und entdeckte auf der anderen Seite des Festplatzes die Musiker. Sie hatten sich einfach auf den Boden gesetzt und nach und nach setzten alle mit ein. Sie spielten das älteste ihrer Lieder.

Die Gespräche an den Feuern verstummten und die ersten Trolle setzten sich zu den Musikern auf den Boden. Auch Tongram erhob sich und Nira schaute ihn fragend an. "Komm Nira, heute ist ein besonderes Treffen." Sie gingen über den Festplatz und gesellten sich zu den anderen. Immer mehr Trolle setzten sich zu ihnen, bis schließlich alle Trolle Schulter an Schulter einen großen Kreis bildeten.
Nira entdeckte Barth den Weisen, der zwischen den Trollen saß. Sein Stab mit dem Kristall lag über den verschränkten Beinen. Er schloss die Augen und begann die Melodie zu summen. Die anderen Trolle setzten ein und Nira überraschten die dumpfen Klänge, die aus ihrer Kehle drangen. Einige Trolle hatten die Augen geschlossen und bewegten ihre Köpfe im Takt der schneller werdenden Musik. Als sie sich mit eckig wirkenden Bewegungen erhoben, bemerkte Nira, dass sie in einer Art Trancezustand waren. Sie fassten sich um die Schultern, bildeten im Kreis

der Sitzenden einen weiteren Kreis und begannen zu tanzen.

Das Summen schwoll an. Nira fühlte sich angenehm benommen, obwohl sie das Gefühl hatte, langsam das Bewusstsein zu verlieren. Immer schneller drehte sich der Kreis der tanzenden Trolle. Ihre Konturen verschwammen und der Schein des großen Feuers verwandelte ihre Haare in ein endloses Band flackernder Farben.

Aus dem Kreis schwoll ein Ton an, der Niras gesamten Geist füllte. Alle Geräusche dieser Nacht, das Knistern des Feuers, das Zirpen der Zikaden und der Ruf der Eule wurden eins mit dem Ton und in dem Moment, in dem sie alle vereint waren, löste sich ein Teil von ihnen. Nira spürte, wie sich ein Teil von ihr löste, doch sie hatte keine Angst. Sie fühlte die Seelen der anderen und wollte auch etwas geben.

Der Ton brach ab und auch der Gesang der Trolle verstummte langsam. Die Tanzenden wurden langsamer und Nira öffnete die Augen. Sie wusste nicht, wie lange sie in diesem Zustand gewesen war und verspürte ein starkes Schwindelgefühl. Die Trolle sammelten sich in der Mitte. Nira wollte aufstehen, merkte jedoch wie ihr Kreislauf absackte und blieb sitzen. Irgendetwas war geschehen. Sie wusste nicht was, aber für den

Bruchteil eines Augenblicks hatten sich alle Trolle vereint.

Tongram stand über ihr und legte vorsichtig seine Hand auf ihre Schulter. Er half ihr aufzustehen und während sie sich erhob, tanzten silberblaue Punkte vor ihren Augen.

"Alles in Ordnung, Nira?" Er sah sie mit einem wissenden Lächeln an. "Bitte noch einen Augenblick." Nira legte den Kopf in den Nacken und atmete tief ein, bis die Punkte verschwanden.

"Was ist passiert, Tongram? Für einen Moment hatte ich das Gefühl, ich würde mich von meinem Körper lösen." Tongram hakte sie ein, um ihren unsicheren Gang zu stützen. "Komm und sieh es dir an."

Er führte sie zu den anderen Trollen, die in einem engen Kreis flüsternd zusammenstanden.

Tongram schob sie durch die engen Reihen. Einige waren immer noch benommen und machten schwankend Platz. Nira vernahm ein leises Weinen und entdeckte Barth, der in der Mitte des Kreises kniete. Wieder vernahm sie das leise Wimmern und eine der Trollfrauen reichte Barth eine Decke. Tongram schob sie vorsichtig weiter, bis sie direkt hinter Barth standen.

Der Weise erhob sich langsam und die Trolle begannen aufgeregt zu murmeln und zu kichern. In seinen Händen hielt der Weise ein Trollbaby.

Behutsam wurde es in die Decke gewickelt und von Troll zu Troll gereicht. Bevor es weitergereicht wurde, flüsterte jeder Troll etwas in sein Ohr und küsste es auf die Stirn. Nira betrachtete den kleinen Troll in ihren Armen. Es war ein Junge mit hellen Haaren und sie spürte, dass er auch ein Teil von ihr war. Tongram berührte sie leicht an der Schulter. "Du musst ihm etwas wünschen, bevor du ihn weiterreichst." Nira legte ihre Lippen dicht an das Ohr des Babys und flüsterte: "Glück!" Dann küsste sie in auf die Stirn und reichte ihn an Tongram weiter. Als alle Trolle das Baby gehalten hatten und ihm ihre Wünsche zugeflüstert hatten, wurde es wieder an Barth gereicht.

Der Weise drehte sich nach Osten und hob das Baby hoch über seinen Kopf.

"Suhl, dies ist Turinga, der Trolljunge, der heute in der Gemeinschaft der Trolle geboren wurde. Bitte beschütze ihn, wie du uns beschützt."

Lange standen Barth und die anderen Trolle und blickten schweigend in Richtung der östlichen Berge.

Mohlin

Mohlin duckte sich im letzten Moment und die Lanze steckte nur wenige Zentimeter über seinem Kopf im Baumstamm. Wieder schoss er und sein Pfeil traf die Kreatur mitten in die Brust. Die Übermacht der Orks war gewaltig und er fragte sich, wie lange er und die anderen sie noch aufhalten könnten. Sie waren im Schlaf überrascht worden und die Orks hatten die meisten Baumhäuser in Brand gesteckt. Im Schein der Feuer trafen die Pfeile zwar sicher ihr Ziel, aber die meisten seines Stammes waren bereits in den Feuern umgekommen. Mohlins suchende Augen fanden Narla. Sie kniete auf der Plattform des benachbarten Baumes und versuchte, die Blutung eines Verwundeten zu stoppen. Ihre Blicke trafen sich und in ihren Augen las er Angst und Verzweiflung.

Ein Röcheln weckte ihn aus seinen Gedanken. Bakin brach sterbend zusammen und umklammerte die Lanze, die in seinem Hals steckte. Mohlin hatte keine Zeit, um den Freund zu betrauern, denn jetzt waren sie nur noch zu dritt auf der Plattform und die Orks rückten unaufhaltsam voran.
Immer wieder trafen ihre Pfeile sicher ihr Ziel, doch für jeden toten Ork schienen zwei aufzurücken. Auf der rechten Seite waren sie

100

bereits eingebrochen.

Narlas Schrei ließ seinen Kopf rumfahren. Die Orks hatten Narlas Baum erreicht und kletterten flink an ihm empor. "Du musst springen Narla!" Seine Angst um sie ließ seine Stimme zittern. "Versuch', den dicken Ast hier zu erreichen." Narla zögerte, denn die Entfernung zu seinem Baum war ziemlich weit, doch sie konnte es schaffen. Die Orks hatten bereits Narlas Plattform erreicht, doch sie zögerte immer noch. "Narla spring, bitte!" Seine Stimme wurde zu einem Kreischen und Narla sprang. Kleine Äste knackten und Mohlin glaubte schon, sie würde es nicht schaffen, als sich ihre Hände fest um den Stamm klammerten.

Narla hangelte sich in Richtung der Plattform und Mohlin streckte ihr die Hand entgegen. "Du schaffst es, Narla!" Er lächelte sie an und als der Ast brach und sie mit in die Tiefe riss, verschwand das Lächeln für immer aus Mohlins Gesicht.

Hart schlug sie auf dem Boden auf, doch sie war bei Bewusstsein und krümmte sich vor Schmerz. Einige Orks stürmten sofort in ihre Richtung. Mohlin sprang und landete dicht neben Narla, wobei er sich den Knöchel verstauchte. Er kam noch dazu, zwei Pfeile abzufeuern, dann hatten die Orks sie erreicht. Mohlin schlug mit dem Bogen um sich bis dieser brach, er entriss einem

Ork die Keule und als ihm diese aus der Hand geschlagen wurde, kämpfte er mit bloßen Händen.

Er löste seine Hände vom Hals des letzten Angreifers und sah sich um. Die nächste Angriffswelle war noch etwas entfernt und momentan nahmen die anderen Orks keine Notiz von ihm. Er kniete neben Narla und strich ihr vorsichtig über die Stirn. Eine Zeit lang saß er regungslos da und hielt Narla in seinen Armen. "Ich werde dich immer lieben", flüsterte er und legte ihren toten Körper in das feuchte Gras.

Mohlin stand auf. Die Orks begannen bereits zu plündern, denn es war niemand mehr da, der sie aufhielt. Eine kleine Gruppe entdeckte ihn und Mohlin ergriff Narlas Messer und flüchtete Richtung Osten.

Weinend erwachte er. Mohlin versuchte, die Gedanken an Narla zu verdrängen. Am Horizont kündigte sich die Dämmerung an. Die Wachen, die er von seinem Versteck aus beobachtete, schliefen und lautlos kletterte er nach unten.

Als er die letzte Wache passierte, trat er auf einen kleinen Ast, der von einigen Blättern verdeckt war. Durch das Knacken schreckte die Wache auf. Noch bevor der Ork die Augen öffnete, war Mohlin über ihm und rammte dem Ork Narlas

Messer bis zum Anschlag in den Hals.
Er hockte über ihm und hielt dem Ork das Maul
zu, bis er sich nicht mehr bewegte.
Er sah sich um. Die anderen hatten nichts
gemerkt. Er zog das Messer aus dem leblosen
Körper und verschwand lautlos in der Dunkelheit.

Als sich am Horizont das Ende der Nacht
ankündigte, verabschiedeten sich die Trolle der
anderen Welt von der Gemeinschaft der Lichtung.
Tongram entdeckte Barth, der am Rande der
Lichtung stand und wieder nach Osten sah. Die
Konturen der mächtigen Berge waren in der
Dämmerung klar zu erkennen. Er entschied sich,
den Weisen nicht zu stören.
Rose trug ihn zurück zum Fluss und er atmete
noch einmal tief die saubere Luft.

Als die Sonne über den Horizont trat, durchschritt
Tongram das Tor

Mike und Julia

Feuchte, warme Berührungen an seiner Wange
zogen ihn langsam aus einem tiefen Schlaf. Weit
entfernt vernahm er eine Stimme. Musik...
irgendjemand sang. Wieder eine Berührung in
seinem Gesicht. Er lauschte der deutlicher
werdenden Musik. Rock'n'Roll. Er kannte den
Song. Summertime Blues von Eddie Cochran. Jetzt
bemerkte er auch den Druck auf seiner Brust.
Mike öffnete die Augen. Maja, die Getigerte, saß
schnurrend auf seiner Brust und leckte seine
Wange.
Schwerfällig drehte Mike den Kopf und sah zum
Wecker. Viertel vor Acht. Mit einem Fluch schoss
er aus dem Bett. Maja krallte sich vor Schreck in
seine Brust und der plötzliche Schmerz und sein
Kreislauf ließen ihn auf die Bettkante
zurückfallen. "Danke fürs Wecken, Dicke." Er löste
die Katze von seiner Brust und stand vorsichtig
auf.
Julia schlief noch. Sie hatte sich für heute Urlaub
genommen.
Er hastete ins Bad und wusch sich flüchtig.
Während er seine Zähne putzte, warf er zwei
Scheiben Brot in den Toaster. Auf dem Rückweg
wäre er beinah über Julius gestolpert und konnte
sich im letzten Moment auf der Kommode

abstützen. Der Kater sah ihn schläfrig an und
trottete in die Küche.

Der Bogenbaum

Mohlin war auf der Suche nach dem Bogenbaum.

Es gab nur wenige dieser Bäume und nur sein
Holz brachte die Magie der Pfeile zur Entfaltung.
Er war schon seit Tagen auf der Suche und bis
jetzt hatte er keine Anzeichen gefunden, dass
diese Bäume hier existierten.
An einem kleinen Wasserfall schlug er sein Lager
auf. Er würde sich die nächsten Tage um die
Sehne kümmern müssen.

Am Morgen spannte er den Darm des Rehs, dass
er am Vorabend erlegt hatte, zwischen zwei
Bäume. Durch den Tarnzauber war es leicht
gewesen, das scheue Tier mit dem Dolch zu
erlegen. Er hatte es ungern getötet, denn er achtete
das anmutige Tier und konnte das viele Fleisch
unmöglich transportieren.
Doch sein Gefühl hatte ihn nicht getäuscht. Der
Darm des Tieres war fest und lang genug.
Mohlin schnitt den Darm der Länge nach in drei
schmale Streifen und bis zum Abend war er damit
beschäftigt, die Streifen immer weiter zu spannen.

Am nächsten Morgen waren die Streifen schon fast trocken und Mohlin prüfte ihre Festigkeit. Überraschenderweise wiesen sie die gleiche Festigkeit auf wie die Streifen aus den Därmen der großen Echsen.

Zufrieden begann er die drei Streifen zu verflechten und als die Sonne unterging, verstaute Mohlin zwei erstklassige Bogensehnen in der Tasche seines Köchers.

Groll schulterte seine Streitaxt und nahm seine Tasche vom Haken. Sinah schlief noch und er entschied sich, den Fährtensucher nicht zu wecken. Er nahm die Fangeisen vom Tisch, die Sinah ihm für die Biberfelle gegeben hatte. Es waren gute Eisen und Groll würde diesen Herbst mit ihnen einige Biber mehr fangen.
Fünf Tage hatte er nach der großen Zusammenkunft in der Hütte des Freundes verbracht und er sehnte sich nach der Einsamkeit seines Baumhauses.
Leise schloss er die Tür hinter sich und machte sich auf den Weg zur Hütte des Weisen.
Er wäre am liebsten sofort aufgebrochen, denn er hasste lange Verabschiedungen, doch wenn er schon einfach ohne auf Wiedersehen zu sagen aus der Hütte des Freundes verschwand, so musste er doch zumindest dem Weisen seine Ehrerbietung zeigen.

106

Er klopfte vorsichtig an Barths Hütte und trat ein. Der Weise saß lesend über einem Buch und blickte auf, als Groll eintrat.

"Du willst uns schon verlassen mein Freund?" Der Weise klappte das Buch zu und erhob sich ächzend.

"Ja, weiser Barth. Der Herbst kommt und ich denke, er wird viele Felle bringen."

"Ich habe noch einmal über unser Gespräch nachgedacht und ich werde Sinah bitten, sich bei der Hütte des Zwerges umzusehen. Es ist lange her, dass sich eine Horde Orcs in die Nähe des Waldes gewagt hat. Sei wachsam auf deinem Heimweg."

Barth lächelte und klopfte dem Jäger auf die Schulter. "Ich danke euch für eure Gastfreundschaft und grüße bitte die anderen von mir." Die letzten Worte murmelte der Jäger vor sich hin.

Barth stand in der Tür seines Hauses und blickte dem Jäger nach, bis er in das Dickicht des Waldes eintauchte. Obwohl Groll kein Troll vieler Worte war, mochte Barth den Jäger. Er fühlte sich ihm auf eine seltsame Weise verbunden, denn obwohl sie beide Trolle der großen Gemeinschaft waren, spielte sich ihr Leben außerhalb des Stammeslebens ab.

Groll hatte sich außerhalb der großen

Gemeinschaft angesiedelt und lebte in einer Art selbstauferlegten Exils zwei Tagesmärsche von der großen Gemeinschaft entfernt. Als Nachkomme eines großen Kriegerstammes, welcher damals an der Seite von Schirrah gekämpft hatte, konnte er sich nicht mit dem Stammesleben anfreunden. Die wenigen Nachfahren hatten den Orcs ewige Rache geschworen. Das friedliche Leben der Gemeinschaft war nichts für einen Krieger wie Groll und so hatte er sich in die Einsamkeit zurückgezogen.

Barth kannte das Gefühl der Einsamkeit, denn obwohl er inmitten der großen Gemeinschaft lebte und sie bis zu seiner letzten Reise nicht verlassen würde, lebte er auch in seiner eigenen Welt. Er war der Weise der Trolle, das letzte Glied einer endlosen Kette von Trollen, deren Aufgabe es war, die Geschichte festzuhalten. Sein Weg war der schmale Pfad des Rechts und er musste unvoreingenommen in allen Streitigkeiten entscheiden und über das Tor zwischen den Welten wachen.

Er warf neues Holz in das Feuer und begann, sein Frühstück zuzubereiten.

Groll erwachte früh und wusch sich mit dem klaren Wasser des Wasserfalls. Die Sonne war noch nicht aufgegangen und er würde seine

Behausung vor Sonnenuntergang erreichen. Er betrachtete noch einmal die alte Feuerstelle die er am Vorabend hier entdeckt hatte. Sie war mehrere Tage alt und überall waren schlanke Fußabdrücke. Es waren Abdrücke von leichten Lederschuhen, die fachmännisch gefertigt waren und sie waren von einem einzigen Wesen.

Es waren also keine Orcs. Jetzt beim Licht des anbrechenden Tages untersuchte er die nähere Umgebung. Ein leichter Geruch von Verwesung zog ihm in die Nase und als er ein paar Zweige zur Seite zog, fand er den Kadaver des Rehs. Der Jäger untersuchte ihn und fand die schmale Einstichstelle zwischen dem ersten und zweiten Halswirbel. Das Tier schien im gesunden Zustand erlegt worden zu sein, denn seine Läufe waren kräftig und die Gleichmäßigkeit des Geweihs wies auf keine Erkrankung hin. Lediglich ein Teil einer Hinterkeule war mit einem scharfen Messer herausgetrennt worden und als er den Atem anhaltend in das Innere des Rehs blickte, sah er, dass der Darm fehlte.

Groll entfernte sich ein Stück von dem stinkenden Kadaver und setzte sich auf einen Stein, um nachzudenken. Der geheimnisvolle Jäger hatte eines der scheuesten Tiere des Waldes mit einem einzigen gezielten Stich getötet und doch hatte er das wertvolle Fleisch hier unter den Büschen liegen lassen. Wahrscheinlich ging es dem

Fremden weniger um das Fleisch als um den Darm des Tieres. Groll wusste, dass man aus Tiergedärmen einige nützliche Dinge wie Schnüre zum Nähen von Kleidung oder Verletzungen herstellen konnte, aber wer würde dafür die Jagd auf ein scheues Reh aufnehmen? Groll überlegte einen Augenblick, ob er zurück zum Festplatz marschieren sollte, um Barth über diesen seltsamen Fund um Rat zu fragen, doch da es keine Orcs waren, bestand keine Gefahr und sein Gefühl und die saubere Arbeit des Fremden sagten ihm, dass dieser nichts Böses im Schilde führte. Wahrscheinlich war er ein einsamer Jäger, genau wie Groll.

Er ging zurück zum Wasserfall, um seine Tasche und die Eisen zu holen, als er zwischen den Spuren des Fremden die nackten Fußabdrücke entdeckte. Orcs.

Diese Spuren waren vorhin noch nicht da gewesen und er umfasste den Griff der Streitaxt fester. Geduckt, sich umschauend, bewegte er sich vorsichtig auf die Felsen neben dem Wasserfall zu. Seine Tasche und die Eisen lagen dort, wo er sie abgelegt hatte. Vielleicht hatte der Orc sie übersehen. Er duckte sich hinter einem großen Stein, die Felswand im Rücken und musterte die Umgebung. Wahrscheinlich hatte der Verwesungsgeruch des Rehs den Orc angelockt und er war zurück zu seiner Horde gelaufen, um die anderen zu holen. Jetzt wusste er, dass er unbedingt zum Festplatz zurückkehren musste, denn die Orcs waren zu nah am Festplatz und das bedeutete Gefahr.

Gegenüber im Gebüsch raschelte es, doch Groll konnte nichts erkennen.
Jetzt sah er auch an anderen Stellen Bewegungen. Sie wussten also, dass er da war und es waren mindestens vier. Grolls Hass gegen diese Kreaturen loderte auf und mit der Streitaxt in der einen und dem Kurzschwert in der anderen Hand trat er hinter dem Stein hervor.

Mohlin betrachtete den Bogen. Mit gespannter Sehne reichte er ihm immer noch bis zur Schulter. Vertraut lag die Waffe in seiner Hand und es war ein gutes Gefühl.
Einst hatte sein Vater ihn gelehrt wie man den Bogen baut, doch dieser war der erste, den er selbst gebaut hatte. Mohlin wusste nicht, ob er alles behalten hatte, die Rituale und die Weihung der Waffe und ob der Bogen die Magie der Pfeile übertragen könne. Es gab nur einen Weg, das herauszufinden.
Er griff in den alten Lederköcher auf seinem Rücken und zog einen der Pfeile. Behutsam strich er über die perfekt ausbalancierten Federn und

legte den Pfeil auf die Sehne. Er zielte auf den alten Baum, den er sich als Ziel ausgesucht hatte. Der Baum gabelte sich in Kopfhöhe in zwei gleichmäßige Äste. Konzentriert zielte er auf die Gabelung und das Ziel war von seinem Standort kaum dicker als sein kleiner Finger. Mohlin schloss die Augen und für einen Augenblick war er selbst der Pfeil. Dann öffneten sich seine Finger und der Pfeil flog zischend davon.

Als er den Baum erreichte, kniete er nieder und dankte seinen Vorfahren. Er war Mohlin, der letzte Bogenschütze der Golinelfen und er würde Rache üben. Für Narla, Bakin und all die anderen. Der Pfeil hatte die Gabelung in der Mitte durchbohrt und honigfarbener Harz tropfte von der Pfeilspitze, die weit aus der Rückseite herausragte.

Groll stand mit dem Rücken zur Felswand und hob mit einem Kriegsschrei die Streitaxt über den Kopf. Um ihn herum begann es in allen Büschen zu rascheln.
Es waren weitaus mehr als nur vier Gegner, doch der Troll verspürte keine Angst. Sein Hass und der uralte Schwur füllten sein gesamtes Denken. Drei Orcs stürmten aus den Büschen auf ihn zu. Zwei waren mit Kurzschwertern bewaffnet und

der dritte schwang eine Keule über dem Kopf. Dann erreichten ihn die ersten beiden. Die Streitaxt sauste singend durch die Luft und hackte den ersten Orc beinah in zwei Teile. Er war tot bevor er zu Boden krachte und Groll stieß dem anderen das Kurzschwert in den Bauch und zog es bis zu dessen Hals nach oben. Er zog das Schwert aus dem röchelnden Körper und parierte den Keulenschlag des dritten Angreifers. Kurz sah Groll Angst in den Augen des Orcs auflodern als dieser versuchte, den Schlag der Streitaxt mit der Keule zu parieren. Mit einem Knacken zerschlug der Schlag die Keule und trennte den Kopf vom Körper des Orcs. Schwer atmend stand er über den leblosen Körpern als die anderen aus den Büschen traten.

Groll zählte dreizehn Orcs, die im Halbkreis vor ihm standen. Er musste sich einen Weg durch die Kreaturen kämpfen, um die anderen zu warnen. Als die Orcs langsam näherkamen, zog sich Groll weiter zur Felswand zurück. Die hohen Felsen würden seinen Rücken decken und hinter dem großen Stein, der ihm vorher als Versteck gedient hatte, konnten sie ihn nur noch von zwei Seiten angreifen.

Die Orcs blieben stehen und stimmten ein irres Geschrei an. Sie kreischten und tobten und schwangen ihre Waffen über den hässlichen Köpfen. Groll verharrte und wartete auf den

Angriff, doch die Kreaturen kamen nicht näher. Fast hätte ihr Geschrei das Brüllen über ihm übertönt. Groll drehte den Kopf und sah nach oben. Einige Orcs standen am Rand des Felsplateaus und er sah die Steine auf sich zurasen. Dem ersten konnte er gerade noch ausweichen, doch ein etwa kopfgroßer Stein streifte ihn am Kopf und brach krachend seine linke Schulter. Groll sackte in die Knie und kämpfte gegen die Ohnmacht, als die Orcs brüllend heranstürmten.

Mühsam kämpfte sich der Troll auf die Beine und schwang mit der Rechten die Axt, während sein linker Arm unbrauchbar herunterhing. Groll kämpfte verbissen, bis ihm ein Schwert tief in die Seite fuhr und ihm eine Keule gegen die verletzte Schläfe schlug. Dann wurde alles schwarz.

Goja betrachtete den kleinen Troll liebevoll. Nachdem sie ihn mit etwas Brei aus dem Lederschlauch gefüttert hatte, war er sofort wieder eingeschlafen.

Obwohl der kleine Turinga erst vor wenigen Tagen in der großen Gemeinschaft geboren war, war er schon sehr gewachsen.

Sie war stolz, dass der Weise sie gebeten hatte, sich um den Jungen zu kümmern. Sie strich ihm eine Haarsträhne aus dem Gesicht und betrachtete

114

die kleine, schneeweiße Locke. Sie war sehr müde, denn seitdem sie den Kleinen aufgenommen hatte, hatte sie keine Nacht durchgehend geschlafen, um ihn regelmäßig zu füttern. Malu und Boja, ihre Nachbarn, hatten angeboten, sich ab und zu um den Kleinen zu kümmern, doch sie hatte dankend abgelehnt.

Jetzt, wo der Kleine schlief, legte sie sich auf ihr Bett, um einen Augenblick auszuruhen.

Groll versuchte seine Augen zu öffnen. Sein linkes blieb geschlossen und sein Schädel dröhnte dumpf. In seiner Seite tobte ein stechender Schmerz und ab seiner Hüfte war alles taub. Er drehte den Kopf und sah zwei Orcs, die den Inhalt seiner Tasche durchwühlten. Dann sah er den Schatten über sich.

Der Orc stellte einen Fuß auf seine Brust und grinste ihn mit einer verzerrten Fratze an. "Ich bin Pargan, ich werde dein Volk auslöschen!" Dann rauschte Grolls eigene Axt herunter und beendete sein einsames Leben.

Stöhnend erwachte der Weise und schwang seine alten Beine mit einer unglaublichen Gewandtheit aus dem Bett. Er zitterte am ganzen Körper. Etwas Grauenvolles war geschehen. Barth öffnete die

Klappe eines Fensters, um im Licht der aufgehenden Sonne besser sehen zu können. Er fand die heiligen Steine und warf sie auf die Platte neben der Feuerstelle. Barth deutete die Steine und warf sie ein weiteres Mal. Doch die Zeichen blieben gleich. Tot, das Zeichen des Jägers und der dunkle Mond.

Der Weise erhob sich und berührte den kalten Kristall seines Stabes. Er suchte in den Seelen der Trolle bis er Schmerz und Wut fühlte, doch diese Gefühle wichen der Kälte des Nichts. Mit einem Aufschrei brach er neben der Feuerstelle zusammen.

Groll, der einsame Jäger war tot.

Die Nachricht verbreitete sich wie ein Lauffeuer in der großen Gemeinschaft. Die jungen Trolle, die jeden Morgen zur Hütte des Weisen kamen, hatten ihn zitternd neben der Feuerstelle gefunden.

Noch bevor die Sonne ihre rötliche Färbung verloren hatte, waren alle Trolle auf dem Festplatz versammelt und warteten auf den Weisen, der in seiner Hütte verzweifelt die Steine befragte.

Immer wieder wurden die jungen Trolle befragt, was er gesagt habe und eine große Unruhe machte sich breit.

Endlich betrat der Weise den Festplatz. Die Trolle

bildeten einen Kreis und verstummten. Alle Augen waren auf Barth gerichtet.

"Etwas Furchtbares ist passiert. Groll ist tot." Die Trolle begannen aufgeregt zu murmeln und einige begannen zu weinen. Moga, der Schmied, trat einen Schritt vor. "Was ist passiert, Barth? Wie ist er gestorben?" Barth sah dem Troll direkt in die Augen. "Ich weiß es nicht. Doch die Steine zeigen das Zeichen des dunklen Mondes."

Wieder murmelte die Menge lauter und Barth hob die Hand, um sich Gehör zu verschaffen. Er erzählte ihnen, worüber Groll während des Festes berichtet hatte, über den toten Zwerg und dessen abgebrannte Hütte. Er überlegte kurz, ob er ihnen von Grolls Vermutung über die Orcs berichten sollte, behielt es aber vorerst für sich. Grolls Tod hatte die anderen schon genug beunruhigt.

"Wir müssen herausfinden, was geschehen ist. Sinah, nimm dir zwei Männer und finde Grolls Spur." Sinah bahnte sich einen Weg durch die Menge. Sein Gesicht wirkte wie versteinert in der Trauer um den Freund.

"Weiser Barth, ich werde seine Spur finden und herausfinden, was geschehen ist. Doch es ist besser, wenn ich allein gehe. Sollte wirklich Gefahr bestehen, bin ich alleine schneller."

Die meisten waren der Meinung, dass man Sinah nicht alleine gehen lassen sollte und viele Trolle boten sich an, ihn zu begleiten. Schließlich einigte man sich darauf, dass der Schmied Sinah begleiten sollte.

Wachen wurden eingeteilt, die die Umgebung des Festplatzes Tag und Nacht bewachen sollten.

Gegen Mittag brachen Sinah und Moga auf. Der Weise hatte sie noch einmal ermahnt, bei der kleinsten Gefahr zurückzukehren. Fast alle Trolle waren gekommen, um sie zu verabschieden und winkten bis Sie im Wald verschwunden waren. Barth ging zu seiner Hütte und setzte sich in seinen Stuhl. Er zitterte und spürte zum ersten Mal sein hohes Altes. Lange hatte er versucht, Suhl um Rat zu fragen, doch zum ersten Mal bekam er keine Antwort.

Hatte ihr Gott sie verlassen?

Es war ein Leichtes für den erfahrenen Fährtensucher, Grolls Spuren zu finden. Selbst an den Stellen, an denen der Boden hart war und sie keine Fußabdrücke fanden, denn Sinah kannte Grolls ungefähren Weg und traf so immer wieder auf seine Spur. Obwohl er Moga zuerst als Last empfand, erwies sich der Schmied als angenehmer Begleiter und überließ Sinah die Führung.

Am nächsten Morgen erreichten sie den Wasserfall. Kurz vorher hatte er die ersten Orc-Spuren gefunden und obwohl die Spuren nicht frisch waren, wies er Moga mit einigen

Handzeichen an, direkt hinter ihm zu bleiben.
Geduckt, im Schutz der Büsche, erkundeten sie
die nähere Umgebung. Er konnte Grolls Körper
vor den Felsen liegen sehen und wäre am liebsten
zu dem Freund gelaufen, um ihm vielleicht doch
noch zu helfen. Doch erst musste er die nähere
Umgebung sichern. Der große dunkle Fleck, der
den Körper umgab, ließ alle Hoffnung verblassen.
Nachdem er die Umgebung genau erkundet hatte
und nur Spuren gefunden hatte, die älter als ein
Tag waren, lösten sich die beiden aus dem Schutz
der Büsche und traten zu Grolls Körper. Der
Freund war grausam verstümmelt. Die toten Orcs
und die vielen Spuren zeigten, dass eine ganze
Horde über ihn hergefallen war.
Sinah fand die Eisen, die er mit dem Freund
getauscht hatte und sie begruben sie zusammen
mit Groll neben dem Wasserfall. Moga hatte
vorgeschlagen, Groll zurück zum Festplatz zu
tragen, um ihn dort zu begraben. Doch Sinah
wusste, dass genau hier der richtige Platz für
seinen Freund war.
Bis zur Dämmerung standen sie an seinem Grab,
um sich zu verabschieden.
Dann errichteten sie sich an der Felswand ein
Nachtlager, denn sie wollten am nächsten Morgen
die Spuren verfolgen.
Moga kaute mürrisch auf dem kalten
Trockenfleisch, doch Sinah hatte ihn überzeugt,

dass es sicherer war, kein Feuer zu entzünden. Er rollte sich in seine Decke und schlief erschöpft ein.

Der Mond stand hoch am Himmel und Sinah rieb sich die Augen. Es wurde jetzt nachts schon ziemlich kühl und er legte sich die Decke um die Schultern und versuchte die Müdigkeit abzuschütteln.

Er dachte an den vergangenen Tag. Als sie die ersten Spuren fanden und an Grolls Begräbnis. Dann erinnerte er sich an die andere Spur. Sie war einige Tage älter und er hatte nur diese eine gefunden. Es war der Abdruck eines sauber gearbeiteten Lederschuhs. Wahrscheinlich waren die anderen Spuren durch den Kampf verwischt worden. Lange überlegte Sinah, woher diese Abdrücke stammten und es ließ ihn einen Augenblick die letzten Ereignisse vergessen.

Gegen Morgen spürte er, dass sie nicht mehr alleine waren. Die Morgenröte begann, sich langsam gegen den Himmel abzuzeichnen als er die Gegenwart eines Wesens wahrnahm. Nicht, dass er ein verdächtiges Geräusch gehört hätte. Es war das Gespür eines Jägers, der die Nähe des Wildes fühlt. Wachsam beobachtete er die Umgebung und griff vorsichtig nach seiner Armbrust. Der Vogel, der im nahen Gebüsch seinen Morgengesang angestimmt hatte, war verstummt und lautlos spannte Sinah die Armbrust und legte einen Pfeil auf.

Er überlegte, ob er den Schmied wecken sollte, aber er würde bestimmt aufschrecken und so ihren Standort verraten.
Angespannt beobachtete er weiter die Umgebung. Kein unnatürliches Geräusch war zu hören. Er vernahm die Rufe der erwachenden Vögel und in der Ferne ein größeres Tier durch das Dickicht laufen. Nur in der direkten Umgebung des Wasserfalls war es absolut still. Die Schatten des Morgens versuchten ihm ihre Streiche zu spielen, doch der Jäger ließ sich von den sich ständig ändernden Lichtverhältnissen nicht täuschen.

Die Sonne stand bereits am Himmel als Moga erwachte. "Was ist los Sinah?", flüsterte der Schmied und griff nach seinem Kurzschwert. "Irgendetwas ist in unserer Nähe." Der Schmied rückte näher an ihn heran. "Orks?" Sinah drehte sich zu dem Schmied und entspannte die Armbrust. "Ich glaube nicht. Dafür bewegt es sich zu vorsichtig. Vielleicht ein Tier, das die Kadaver gerochen hat. Lass' uns aufbrechen."
Sie verstauten ihre Sachen und folgten der breiten Spur, welche die Horde hinterlassen hatte.

Als die beiden Trolle den Wasserfall verließen, beschloss Mohlin ihnen zu folgen. Das Wesen mit der Armbrust war sehr wachsam und schien ein erfahrener Jäger zu sein.

Seit etwa einer Stunde folgten Sinah und der Schmied einer frischen Spur. Es war eine kleinere Horde von sechs Orcs. Am Wasserfall waren es mehr gewesen. Der Schmied drängte darauf, zur Gemeinschaft zurückzukehren und so brachen sie die Verfolgung ab, um Barth zu berichten.

Herr Schmidt macht eine Ausnahme

Tim Otte 10/2009
-unveröffentlicht-

Das große Anwesen mit seinen gepflegten Grünanlagen, den kleinen Wegen zwischen schilfgesäumten Zierteichen, an denen einzelne Bänke zum Verweilen einluden, machte einen tadellosen Eindruck. Schnalzende Rasensprenger, die ihre nebelartigen Wasserschleier über den perfekt getrimmten Rasen verteilten, erzeugten an einigen Stellen kleine Miniaturregenbögen, die unweigerlich den Eindruck einer märchenhaften Feenlandschaft erzeugten.

Herr Schmidt stützte sich auf seinen Stock. Die alte Verletzung schmerzte pochend in seinem Bein. „Alte Granatsplitter gehen manchmal gerne auf Wanderschaft", hatte ihm sein Hausarzt lächelnd erklärt. Die Röntgenuntersuchung hatte jedoch ergeben, dass im momentanen Stadium keine wichtigen Gefäße bedroht waren und so hatte ihm der Arzt von einer Operation abgeraten. Nur ein weiteres Wehwehchen, das sich zu den typischen Alterserscheinungen im fortgeschrittenen Rentenalter dazugesellte.

Er hatte sich am Anfang der Allee absetzen lassen und den Taxifahrer gebeten, seine Koffer in der Lobby abzuladen. Zuerst hatten sich die Augen des Mannes misstrauisch verengt, doch als er einen Hunderter aus der Brieftasche zog und ihm sagte, er könne den Rest behalten, hatte ihm der Fahrer versichert, seine Sachen persönlich bis zur

Rezeption zu bringen.

Herr Schmidt war sich nicht sicher, ob man die Anmeldung in einem Altenheim wirklich als Rezeption bezeichnen sollte. Eine Rezeption war für ihn immer der Check-In und Check-Out der unzähligen Hotels und Gasthäuser gewesen, in denen er in seinem Leben abgestiegen war.

Dies konnte man wohl eher als unwiderruflichen letzten Check-In des Lebens betrachten.

Nun blickte er über die lange, gepflasterte Auffahrt.

Der aufwendige Farbprospekt mit seinen Hochglanzbildern glücklicher Rentner in einer stilvollen Wohnanlage hatte, zumindest in Bezug auf Lage und Ambiente, nicht zu viel versprochen.

Winkend fuhr der Taxifahrer an ihm vorbei und Herr Schmidt sah ihm nach, bis er am Ende der kleinen Allee auf die Hauptstraße abbog.

Er könnte einfach umkehren, ein weiteres Taxi anhalten und noch ein paar Jahre wie bisher seiner Arbeit nachgehen. In seinen Koffern waren nur Kleidung und einige Toilettenartikel. Selbst das kleine Etui würde bei seinem Fortbleiben einfach irgendwann mit den anderen Sachen im Müll landen. Doch Herr Schmidt war müde. Er hatte sich schon zu oft vorgenommen, in den

Ruhestand zu gehen. Wenn er eine Entscheidung getroffen hatte, dann hatte er sich immer daran gehalten und er würde auch jetzt keine Ausnahme machen.

Das Ersparte, so hatte er ausgerechnet, reichte selbst in dieser teuren Einrichtung bis weit über sein Lebensende hinaus. Sicher würde er sich hier irgendwann die Frage nach dem Sinn des Weiterlebens stellen, doch er war mit seinen strengen Prinzipien immer gut und sicher gefahren.
So wandte sich Herr Schmidt wieder in Richtung des stilvollen Eingangs und ging mit leichtem Humpeln die Auffahrt hinauf.

Es dauerte einige Monate, bis Herr Schmidt sich an sein neues Leben gewöhnt hatte. Frühstück um 8 Uhr. Danach Gymnastik und Stuhlyoga. 12:30 Uhr Mittagessen. Ab 16 Uhr Gesellschaftsspiele und Kuchen - wenn man wollte. 18 Uhr Abendbrot und danach noch einen alten Film im hauseigenen Kino. Ab 20:30 Uhr wurde Wasser für die Nacht und die entsprechenden Tabletten für die Bewohner auf den Zimmern verteilt.

Er betrat den Frühstücksraum und Elisabeth winkte ihm lächelnd zu. Schmidt nahm ein Plastiktablett mit Deckel vom Tresen, füllte einen Becher mit dampfendem Wasser und blickte eine

Zeit lang auf die große Auswahl Teebeutel und entschied sich diesmal für Ingwertee. Dann ging er, hier und da ein freundliches „Guten Morgen" murmelnd, durch den Mittelgang und setzte sich zu Elisabeth. „Wie geht es dir heute Morgen?", fragte er. „Ich habe geschlafen wie ein Stein und bin erst um halb acht aufgewacht", antwortete sie. Schweigend aßen die beiden ihr Frühstück. Ihre bloße Anwesenheit erfüllte ihn neuerdings jedes Mal mit einem Gefühl von Ruhe und Geborgenheit.

Schwester Heike betrat den Frühstücksraum. „Guten Morgen, liebe Bewohner. Ich hoffe, Sie hatten eine angenehme Nacht!" Merklich schwoll die Stimmung ab und nur wenige Bewohner nuschelten unverständlich ein „Guten Morgen". Schwester Heike ging zu einem Mann, Schmidt glaubte sich zu erinnern, dass er Kurt Geiger hieß und legte ihm die Hände auf die Schultern. Geiger zuckte merklich zusammen und erstarrte. „Geht es ihnen heute besser, Herr Geiger?" Der alte Mann murmelte etwas und Schwester Heike beugte sich zu ihm, klopfte auf seine Schulter und schien ihm etwas ins Ohr zu flüstern.

Elisabeth beugte sich zu Schmidt. „Die falsche Schlange! Gestern Abend habe ich gehört, wie sie ihn auf seinem Zimmer beschimpft hat. Sie hat sogar lautstark die Tür geschlagen, als sie sein Zimmer verlassen hat! Eine unmögliche Person."

„Worüber haben sie denn gestritten?" fragte Schmidt. „Das weiß ich nicht, aber es ging wohl um Geld und sie hat ihn angeschrien, er solle aufpassen, was er wem erzählt." Sie rückte noch näher an ihn heran.

„Ich weiß nur, dass Kurt keine Angehörigen hat und sehr reich sein muss. Darum war sie wohl auch immer so nett zu ihm. Er ist nicht mehr so gut zu Fuß und hat wohl irgendwann Schwester Heike gefragt, ob sie auf der Bank die Zinsen in seinen Sparbüchern nachtragen kann." Elisabeth faltete ihre Serviette und tupfte sich vornehm die Mundwinkel. Das tat sie immer nach dem Essen, wie Schmidt schon in den ersten Tagen seines Aufenthaltes aufgefallen war. Und schon wie in diesen ersten Tagen musste er lächeln und feststellen, dass sie eine wunderschöne Frau war.

„Auf jeden Fall war das wohl ein großer Fehler."

„Sehr seltsam", antwortete Schmidt. „Mir ist schon am ersten Tag aufgefallen, dass niemand Schwester Heike sonderlich mag. Trotzdem scheint sich niemand bei der Leitung über sie zu beschweren." Elisabeth nippte vorsichtig an ihrem Tee. „Ich glaube, die haben alle Angst."

Schmidt sah mit zusammen gekniffenen Augen zu den Ziffern an der Decke. Der Digitalwecker, der die Uhrzeit über einen eingebauten Projektor an die Decke strahlte, war eines der wenigen Dinge, die er aus seinem alten Leben mitgenommen hatte.

Wie immer brauchte er in der Dunkelheit ein paar Sekunden, bis sich seine Augen auf die Leuchtziffern einstellten und er die Uhrzeit erkennen konnte. 1:37 Uhr. Er schaltete die Nachttischleuchte ein und griff blinzelnd nach der Wasserflasche. Leer. Vorsichtig schwang er die Beine über die Bettkante. Sofort meldete sich der Schmerz in seinem Bein. Nachdem er einige Minuten still dasaß, bis der Schmerz abebbte, stand er auf und zog sich seine Strickjacke über. Leise öffnete er die Tür, lauschte einen Augenblick und schob sich durch den Türspalt. Mit lautlosen Schritten ging er über den Flur zu der Nische mit den Wasserkisten. Kurz musste er lächeln, als in seinem Kopf die alte Routine ablief: Auf Geräusche achten. Unerkannt bleiben, die Umgebung im Auge halten und mögliche Verstecke ausmachen. „Und natürlich die Wasserflasche nicht vergessen", flüsterte er grinsend als er vor den Kisten stand. Etwas weiter öffnete sich fast lautlos eine Tür. Sofort erwachten seine antrainierten Routinen.

Lautlos glitt er in den Schatten neben den Rollwagen mit den Kisten. Dahin, wo das Licht der Nachtbeleuchtung nicht hin strahlte. Sein Körper straffte sich und sein Atem wurde flach.

Schwester Heike lugte verstohlen aus dem Türspalt. Mit errötetem Kopf blickte sie in den Gang und zog leise die Tür hinter sich zu. Ohne Schmidt im Schatten zu bemerken, lief sie an ihm vorbei und steckte mit zitternden Händen ein paar kleine Büchlein in ihre Kitteltasche. Als er ihre Schritte im Treppenhaus hörte, wartete Schmidt noch etwas, bis er sich langsam aus seinem Versteck löste. Als ihre Schritte gänzlich verklungen waren, trat Schmidt in den Gang. Einen Augenblick dachte er über das Gesehene nach und ging dann mit leisen Schritten zu der Tür, aus der Schwester Heike so auffällig erschienen war.

Er klopfte zweimal und glitt lautlos in den Raum. Geiger lag mit ausgestreckten Armen reglos auf dem Bett. Das zerknautschte Kissen verdeckte sein Gesicht. Vom Nachtschrank tropfte Wasser aus einem umgekippten Glas. Ein Buch und seine Brille lagen daneben. Mit spitzen Fingern hob Schmidt eine Ecke des Kissens und sah in die leblosen Augen des alten Mannes. Er brauchte nicht erst nach seinem Puls zu fühlen, um sicher zu sein, dass Geiger tot war.

Schmidt trat einige Schritte zurück und betrachtete die Szene. Schlampige Arbeit.

Offensichtlich hatte sich Geiger gewehrt und dabei mit seinen wedelnden Armen das Glas vom Nachttisch gefegt. Abdrücke auf der Bettdecke wiesen darauf hin, dass jemand auf ihm gehockt hatte und ihn mit dem Kissen erstickt hatte.

Ein offenes Buch für jeden Spurensicherer.

Schmidt schnalzte verächtlich mit den Lippen. Er drehte sich um, öffnete leise die Tür und verließ das Zimmer so lautlos, wie er es betreten hatte.

Lange lag er wach und starrte zu den Leuchtziffern an der Decke. Gegen vier Uhr glitt er in einen tiefen Schlaf.

Als Herr Schmidt am Morgen den Frühstücksraum betrat, herrschte eine bedrückte Stimmung. Alle standen in kleinen Gruppen zusammen und sprachen mit gedämpfter Stimme. Elisabeth stand mit ein paar anderen zusammen und er gesellte sich wortlos zu ihnen. „Hast Du schon gehört?", fragte sie. „Kurt Geiger ist heute Morgen verstorben. Herzinfarkt. Schwester Heike hat ihn gefunden." Eine andere Frau meldete sich zu Wort. „Das Bestattungsunternehmen war heute Morgen schon ganz früh da. Die wollen nicht, dass wir anderen sehen, wie einer abgeholt wird. Als ob wir nicht wüssten, wie so etwas abläuft!" Schmidt tätschelte mitfühlend Elisabeths Rücken und wandte sich zum Frühstückstresen, um sich ein Tablet zu holen. Die andere Frau schnatterte unbeirrt weiter. Nach dem Frühstück lösten sich die kleinen Grüppchen langsam auf. Die Leiterin des Heims verkündete, dass eine kleine Gedenkfeier für den Verstorbenen gegen 16 Uhr stattfinden würde und der Spieleabend aus Pietätsgründen heute ausfallen würde.

Nach wenigen Tagen war die tägliche Routine wieder eingekehrt. Der Name Kurt Geiger wurde tunlichst vermieden. Gerade so, als würde alleine sein Name die Bewohner an ihr eigenes, unweigerliches Ende in dieser Anlage ermahnen.

Herr Schmidt war auf dem Weg zu Elisabeths Zimmer. In den letzten Wochen war ihre Beziehung immer enger geworden und im Heim tuschelten sie schon, dass Elisabeth und er ein Liebespaar wären. Tatsächlich entsprach dies auch genau seinen Gefühlen für sie und obwohl sie nie darüber gesprochen hatten, schien sie ähnliches für ihn zu empfinden.
Als er vor ihrer Tür stand und gerade anklopfen wollte, hörte er drinnen laute Stimmen.
Er klopfte einmal und öffnete im gleichen Moment die Tür. Schwester Heike, die Elisabeth um eine Kopflänge überragte, stand mit verschränkten Armen vor ihr. „…. um ihre Sachen, das ist gesünder für Sie!", hörte Schmidt sie sagen, bevor sie an ihm vorbei stapfte. Als die Tür ins Schloss knallte, sank Elisabeth, die bis

dahin mit funkelnden Augen dastand, zitternd auf die Bettkante.

Schmidt setzte sich neben sie und nahm sie tröstend in den Arm. Beruhigend strich er ihr über den Rücken und als ihr Schluchzen und Zittern abebbte, fragte er behutsam, was passiert sei. „Sie ist eine Hexe!", begann Elisabeth. „Ich habe gefragt, was denn eigentlich mit dem Vermögen von Kurt passieren würde. Er hatte mal erwähnt, dass er es gerne nach seinem Ableben dem Tierheim spenden wolle. Daraufhin hat sie mich geschubst und angeschrien." Sie nahm ein Taschentuch vom Nachttisch und wischte sich die Tränen weg. „Sie sagte, es gäbe kein Vermögen und ich solle nicht solche Gerüchte in die Welt setzen. Sie hat mich regelrecht bedroht!" Sie begann wieder zu schluchzen und Schmidt zog sie näher an sich. „Manchmal wünschte ich, sie wäre tot und würde uns nicht weiter tyrannisieren!" Lange saßen sie schweigend da.

Schwester Heike öffnete schwerfällig die Augen. Er würde ihr etwas Zeit geben, bis die Wirkung des Narkotikums komplett verflogen war. Er hatte gelesen, dass man nach einer Ohnmacht durch Chloroform etwas Zeit brauchte, bis man wieder komplett aufnahmefähig war. Später wären zwar

in ihrem Organismus Spuren davon nachweisbar,
doch da es hier wohl regelmäßig als
Lösungsmittel Anwendung fand, würden Spuren
davon in ihrem Körper nichts Ungewöhnliches
sein.

Als sie sich dem Knebel und der Fesseln bewusst
wurde, begann sie stark zu zucken und stieß leise,
gurgelnde Laute aus.

Er schob den kleinen Sessel durch den Raum und
setzte sich neben das Kopfende des Bettes. Kein
Schmerz in seinem Bein. Der alte Freund
Adrenalin verrichtete auch im Alter noch
gewissenhaft seine Dienste.

Als sie sich ihrer hilflosen Lage bewusst wurde
ebbten, ihre Bewegungen langsam ab und sie
starrte ihn nur noch ungläubig an.

„Normalerweise mache ich keine Ausnahmen!",
begann er und stand langsam auf.
„Normalerweise hinterfrage ich die Beweggründe
meiner Auftraggeber auch nicht und habe nie aus
eigenem Antrieb gehandelt."

Er kratzte gedankenversunken über sein kaputtes
Bein, obwohl er zum ersten Mal seit Monaten
keine Schmerzen hatte. „Es geht in der Regel
immer um Geld, Macht oder sinnlose Rache. Ihr
Fall…", er zeigte mit dem Zeigefinger auf sie,
sprach aber eher zu sich selbst. „Ihr Fall stellt für
mich eine völlig neue Erfahrung dar.

134

Abgesehen von der Tatsache, dass meine Auftraggeberin nichts von der Erfüllung ihres Wunsches weiß, habe ich ihre Beweggründe lange überdacht und bin von deren Notwendigkeit überzeugt, Schwester Heike." Er blickte auf das plastikumrahmte Namenschild auf ihrer Brust und schien einen Augenblick nachzudenken.

„Bevor Sie nun gleich herausfinden, ob es einen Gott gibt und er sie als gütige Schwester empfängt, möchte ich mit Ihnen meine neueste Erkenntnis teilen, die mich zukünftig ruhiger schlafen lassen wird: Nicht nur böse und machtbesessene Menschen wünschen sich zuweilen den Tod eines anderen Menschen. Selbst für die Gutherzigsten und Liebevollsten scheint dies manchmal die einzige Lösung zu sein. Und glauben sie mir, meine unwissende Auftraggeberin ist der liebenswerteste Mensch, den ich in meinem Leben kennen gelernt habe."

Sie kniff stumm die Augen zusammen, als er ihr die Injektionsnadel zwischen die Zehen stach. „Ich danke Ihnen für diese späte Erkenntnis!"

Als Herr Schmidt zwei Jahre später an ihrem gemeinsamen Bett saß und Elisabeths sterbende Hand hielt, wusste er, dass es die schönsten Jahre seines Lebens gewesen waren.

„Ich habe schon sehr lange eine Frage, mein Liebster", flüsterte sie schwach.
Die Krankenschwester, die in einem Sessel am Fenster saß, blickte kurz auf und vertiefte sich wieder in ihr Taschenbuch.
Er beugte sich über sie und legte sein Ohr ganz dicht an ihren Mund.

„Ja", antwortete Herr Schmidt und sie sahen sich lächelnd in die Augen, bis der Druck ihrer Hand in der seinen erschlaffte.

Treten Sie näher........

Tim Otte 09/97
-veröffentlicht-
John Sinclair Band 559, 2. Auflage 28.07.1998

„Treten Sie näher, meine Damen und Herren! Lassen Sie sich entführen in das Reich der Mysterien!"

Damals hatte er genau dasselbe gesagt. Vielleicht ist er überzeugender, selbstsicherer geworden, doch der Text ist gleichgeblieben.

Der untersetzte Mann machte eine Pause und vollführte mit der freien Hand eine einladende Bewegung. „Treten Sie näher, meine Damen und Herren, und schenken Sie uns einen Moment Ihrer Aufmerksamkeit."

Der langsame Strom der Menschen stockte und viele blieben neugierig vor der kleinen Außenbühne des Schaustellerwagens stehen.

„Komm' weiter", brummte ich, doch Susann zog mich näher an die Bühne. „Lass uns wenigstens mal zuhören." Sie sah mich bittend mit ihren großen Augen an und so stand ich mit ausdrucksloser Miene neben ihr und lauschte.

Der untersetzte Mann vollführte einen Zaubertrick, indem er Wasser in einer Zeitung verschwinden ließ und es kurz darauf unter Beifall wieder zurück in das Glas goss.

„Wie hat er das gemacht?" flüsterte Susann etwas zu laut.

„Ja meine junge Dame, wie hat er das gemacht? Kommen Sie und erleben Sie weitere Attraktionen in der Mister Patton - Show." Susann wurde rot und kicherte verlegen.

„Doch heute", Mr. Patton führte seinen Zeigefinger an die Lippen, "heute präsentieren wir Ihnen etwas, dass Sie noch nicht gesehen haben. Heute hier, exklusiv und einmalig auf der Welt, der Mann ohne Kopf! Kommen Sie, meine Damen und Herren, in wenigen Minuten beginnt die letzte Show des heutigen Abends. Die Kasse ist hier auf der linken Seite. Sichern Sie sich Ihre Karten für die letzte Vorstellung des Abends."

Die Menschen drängten sich auf die kleine Bühne.

„Komm!", sagte Susann und schob mich Richtung Kasse.

Muffige Luft drang uns entgegen, als die Tür hinter uns zurückschwang. Der Boden war mit großen Spanplatten ausgelegt. Alle Stühle waren bereits besetzt und so nahmen wir auf den Stufen im hinteren Teil des Raumes Platz.

Das schummrige Licht der einzigen nackten Glühbirne, die den Raum erhellte, drang kaum bis zum Boden.

Mr. Patton betrat die Bühne. „Herzlich willkommen, meine Damen und Herren, in der Mister Patton - Show. Zum Auftakt des heutigen Abends unterhalten Sie Jenny und Alice mit ihrem magischen Säbeltanz - Applaus."

Der "magische Säbeltanz" entpuppte sich als eine der ältesten Zauberklamotten. Während Alice in einer schwarzen Kiste lag, schob Jenny, die Kassiererin, billige Säbel durch die Kiste. Die gelangweilten Gesichtsausdrücke der Frauen machten die Vorführung noch lausiger und ich ärgerte mich über das rausgeschmissene Geld. Susann starrte gebannt zur Bühne, worüber ich mich fast noch mehr ärgerte.

Der Applaus war kläglich und nach der drittklassigen Vorführung einer Messerwerferin zeigte der schmierige Mr. Patton noch einmal seinen Zeitungstrick.

Einige Zuschauer machten bissige Bemerkungen und die ersten Buh-Rufe waren zu hören. Die vergeblichen Bemühungen des Amateurmagiers, das Publikum weiter zu begeistern, hellten meine Laune etwas auf. Der Vorhang schloss sich ruckartig und die Scheinwerfer erloschen.

„Meine Damen und Herren, kommen wir nun zum Höhepunkt des heutigen Abends. Aus Florida, Amerika und einmalig auf der Welt: Der Mann ohne Kopf!"

Langsam und untermalt von dröhnenden Paukenschlägen öffnete sich der Vorhang. Ich erkannte im Halbdunkel Jenny und den Partner der Messerwerferin, die zwischen sich eine Gestalt auf die Bühne führten. Er bewegte sich mit

140

schlurfenden Schritten und seine eckigen
Bewegungen erinnerten mich an frühe
Frankenstein-Filme. Er taumelte, wurde jedoch
sofort von den beiden anderen aufgefangen. Die
drei erreichten den Bühnenrand und die Pauke
verstummte.

„Meine Damen und Herren", dumpf klang Mr.
Pattons Stimme aus den Lautsprechern, „aus
Florida, Amerika, der Mann ohne Kopf!"

Für einen Augenblick blendete mich das
plötzliche Licht, doch dann nahm ich die Szene
voll in mich auf.

Er war relativ normal gekleidet: Jeans und ein
kariertes Hemd. Doch an der Stelle, an der
eigentlich das Kinn beginnen sollte, endete sein
Körper in einem unförmigen Stumpf.

Ein Tusch ertönte und der Vorhang fiel.

Zögernder Applaus. „Vielen Dank für Ihre
Aufmerksamkeit und auf ein Wiedersehen in der
Mister Patton -Show. Der Ausgang befindet sich
gleich links."

Ich berührte Susann, die noch immer zur Bühne
starrte. „Komm lass uns weiter."

Der weitere Verlauf des Abends war ein
ziemlicher Reinfall.

Susann hatte zu viel von dem billigen Wein
getrunken. Als ich erwachte, lag sie schnarchend
neben mir und der Geruch von Alkohol und

Erbrochenem hing in der Luft.

Als ich die Haustür hinter mir schloss, schlief Susann immer noch fest und wurde erst drei Stunden später durch die Ohrfeige ihres Vaters geweckt.

Ich betrat unser Haus durch die Apotheke meines Vaters auf der Vorderseite. Beinahe wäre ich mit dem schmierigen Mr. Patton zusammengestoßen, der murmelnd den Laden verließ.

Trotz der niedrigen Temperatur hatte Mr. Patton eine Schweißschicht auf der Stirn. Vater schloss die Kasse und umrundete den Tresen, um die Tür abzuschließen.

„Was wollte er denn hier?" Vater schob den Riegel vor die Tür und drehte das "Geöffnet"-Schild um.

„Ein Medikament, wie die meisten unserer Kunden." Er warf den Schlüssel in die Luft und fing ihn etwas ungeschickt wieder auf.

Wir gingen gemeinsam in die Küche. Mutter war gerade dabei, das Essen auf den Tisch zu stellen.

„Woher kennst Du diesen Mann?", fragte Vater kauend. Ich schluckte hastig runter. „Hab' ihn gestern auf dem Rummel gesehen. Er hat da so eine Sensationsbude."

„Dein Rummelmann scheint wohl einen todkranken Freund oder Verwandten zu haben.

Das Medikament, das er wollte, ist fast reines Morphium."

Während ich den Nachmittag dösend auf dem Bett verbrachte, ging mir der dicke Mr. Patton nicht mehr aus dem Kopf. Seine Show hatte mich zwar nicht sonderlich begeistert, aber sein Besuch in der Apotheke hatte mich neugierig gemacht. Ich glaube den Entschluss für meine kleine Expedition hatte ich schon beim Essen gefasst, aber es war noch zu früh. Susann rief gegen 23.30 Uhr an und machte mir am Telefon eine höllische Szene. Ich sagte ihr, dass ich dringend schlafen müsse und legte auf. Gegen 3 Uhr verließ ich das Haus.

Mutter und Vater lagen schon seit Stunden im Bett. Ich streifte meinen Regenparka über und ging in Richtung Festplatz. Kein Mensch war mehr auf der Straße.

Dunkel lag der Festplatz vor mir.

Ich ging die Gasse entlang, die von den Wagen gebildet wurde. Unter den Sohlen meiner Stiefel klebte eine rosa Masse aus Dreck und Losen.

Fast wäre ich an der kleinen Außenbühne vorbeigelaufen, doch dann erkannte ich gegen den Nachthimmel die großen Buchstaben:

Attraktionen.

Um auf die Rückseite des Wagens zu gelangen, musste ich mich zwischen der Bühne und der angrenzenden Schießbude durchzwängen.

Hinter der Bühne standen zwei Wagen. Der eine war ein großer Wohnanhänger und als ich unter dem Fenster lauschte, hörte ich gedämpftes Schnarchen.
Der andere hatte keine Fenster und musste der Wagen für die Requisiten sein. Das große Vorhängeschloss sah sehr stabil aus, doch Vaters Bolzenschneider zerschnitt den Bügel mit einem leisen Knirschen.
Staubige Luft schlug mir entgegen und ich musste ein Husten unterdrücken. Im Schein der kleinen Taschenlampe warfen die deckenverhangenen Bühnenteile gespenstische Schatten.
Viele Kisten waren gefüllt mit alten Kostümen und im Lichtkegel der Lampe tummelten sich die Motten. In einer Kiste entdeckte ich sogar ein Mäusenest.
Fast hatte ich das Ende des Wagens erreicht, als sich quietschend die Eingangstür öffnete.
Hastig knipste ich die Taschenlampe aus und schlüpfte hinter einen Vorhang, den ich im letzten Lichtschein der Lampe entdeckt hatte. Hustend betrat jemand den Wagen. Ich drückte mich weiter zurück.
Plötzlich spürte ich eine warme, seltsame

Berührung an meinem Arm und mein
Handgelenk wurde gepackt. Vor Schreck biss ich
mir auf die Zunge und mein Herz raste wie wild.

Am anderen Ende des Wagens schaltete jemand
das Deckenlicht ein und ich öffnete die Augen.
Dann sah ich ihn. Ich biss mir ein weiteres Mal auf
die Zunge, um den Schrei zu unterdrücken und
mein Mund füllte sich mit warmem Blut.
Er trug immer noch die gleiche Kleidung wie am
Vorabend, doch jetzt war er auf einen Holzstuhl
gefesselt.
Über ihm hing eine Flasche, die mit einem
Schlauch mit der Kanüle in seinem linken Arm
verbunden war.
Wie eine Stahlklammer umfasste seine Hand mein
Gelenk. Der Stumpf seines Halses zuckte hektisch,
doch sonst bewegte er sich nicht.
So lauschte ich zitternd zum Eingang, während
der Mann ohne Kopf mein Handgelenk
umklammert hielt. „Verdammte Ratten!", dröhnte
eine Stimme vom Eingang, als das Licht erlosch.
Die Tür schloss sich und meine Atmung setzte
wieder ein. Panik ergriff mich und ich schlug
ziellos mit dem Bolzenschneider in die
Dunkelheit, bis sich der Griff um mein
Handgelenk löste.
Zitternd stolperte ich hinter dem Vorhang hervor
und kauerte mich an die gegenüberliegende

Wand des Wagens. Es war totenstill.

Lange Zeit später, in der ich mit pochendem Herzen in der Dunkelheit hockte, schaltete ich die kleine Lampe an und hastete Richtung Tür.

Ich betete, dass die Tür noch offen war und als ich sie endlich von außen zudrückte, wunderte ich mich, warum der Mann das zerschnittene Schloss nicht bemerkt hatte. Heute glaube ich neben mir einen Schatten bemerkt zu haben. Dann wurde alles schwarz.

Als ich zum ersten Mal erwachte, erkannte ich durch einen Spalt meines Kopfverbandes, dass ich in einem Krankenbett lag. Ich war ans Bett gebunden und hatte wahnsinnige Schmerzen. Meist war ich nur kurz bei Bewusstsein und kann mich nur schemenhaft erinnern. Irgendwann erklärte mir ein Arzt mit fremdem Akzent, dass ich einen Unfall gehabt hätte und gab mir eine Spritze.

Wieder erwachte ich und diesmal fühlte ich mich völlig klar. Kein Verband war mehr an meinem Kopf zu spüren. Doch meine Augen blieben geschlossen. Ich versuchte meinen Mund zu öffnen aber er fühlte sich seltsam an und blieb geschlossen.

Ich spürte, dass ich nicht mehr gefesselt war und bewegte meine Arme. Sie fühlten sich schwach und dünn an. Ich ertastete mein Gesicht und mein Kopf schien zu zerspringen.

An der Stelle, an der normalerweise mein Mund sitzen sollte war nur glatte Haut. Auch meine Augen waren nicht zu fühlen. Meine Nase war zwei kleinen Löchern auf einer sonst glatten Fläche gewichen. Ich versuchte mich zu beruhigen. Wahrscheinlich träumte ich nur. Dann fiel ich krachend aus dem Bett und stieß mir den Hinterkopf auf dem kalten Steinboden. Ich betastete die Stelle auf meinem kahlen Kopf. Keine Haarstoppeln waren zu spüren und ich konnte meine Ohren nicht finden. Dann wurde ich bewusstlos.

Kurze Zeit später holten sie mich nach Hause.

„Treten Sie näher, und erleben Sie einmalige Attraktionen in der Mister Patton – Show. Meine Damen und Herren, wir präsentieren Ihnen zum ersten Mal und als absoluten Höhepunkt, aus Florida, Amerika, den Mann ohne Gesicht."

Gleich werden sie mich holen - Showtime.

148

Nachwort:

Ich hoffe, dass Dir, liebe/r Leser/in meine Geschichten gefallen haben!
Vielleicht interessiert und motiviert es Dich auch, einfach mal selbst zu schreiben, wenn ich kurz beschreibe, wie es zu diesen Ideen gekommen ist.

Der Tod, als Figur wie er schon seit Jahrhunderten existiert, hat mich immer fasziniert. So entstand das *„Geschäft des Schleifers"* durch die Überlegung, was der Tod wohl im Computerzeitalter macht und wie er auf sein Dasein zurückblicken würde.

„Vorhang auf" habe ich eines nachts fast genauso geträumt und sofort am nächsten Morgen aufgeschrieben.

„Cybertime" ist meine älteste Geschichte und entstand in einer Zeit, als Spielekonsolen noch am Anfang ihrer Entwicklung standen und es noch keine VR-Brillen gab.

Auf die Idee zu *„Eine halbe Viertelstunde"* kam ich, nachdem ich in einem Buch über die Geschichte der Henker in Deutschland den Tagebucheintrag von Franz Schmidt über diesen Enthaupteten gelesen habe. Was wollte der Geköpfte sagen? Was waren seine letzten Gedanken. Siebeneinhalb Minuten sind ja verdammt lang!
Selbst langsam gelesen, dauert diese Geschichte

nur die Hälfte der Zeit. Was ging wohl noch in ihm vor?

„Der Trollwald" war, wie bereits erwähnt, eine Idee für einen Roman, den ich nie beendet habe.

„Treten Sie näher" ist wohl die klassischste „Gruselgeschichte" in diesem Büchlein. Sie erinnert mich immer an den Begriff von Horror und Grusel der 30'er Jahre des letzten Jahrhunderts. Tatsächlich kam mir die Idee dazu nach einem Besuch einer entsprechenden Vorführung auf dem Hamburger Dom. Gelockt wurden wir übrigens damit, dass die Frau ohne Kopf in der letzten Vorführung „oben ohne" war. Im wahrsten Sinne….

Zuletzt *Herr Schmidt*…. Ich gebe zu, ich bin ein Fan von ihm. Auftragsmörder sind auch Menschen und ich frage mich, was passiert in ihrem Alltag? Sie essen, lieben, leiden und letztendlich sterben sie auch.